UNVERTRAUT

Michael Kootz

UNVERTRAUT

Sechs Erzählungen

Bibliografische Information der Deutschen Nationalbibliothek:
Die Deutsche Nationalbibliothek verzeichnet diese Publikation
in der Deutschen Nationalbibliografie; detaillierte bibliografische Daten sind im Internet über dnb.dnb.de abrufbar.

Herstellung und Verlag: BoD – Books on Demand, Norderstedt

ISBN: 9783755733423

1. Auflage 2019, 2., überarbeitete Auflage November 2021

INHALT

I.   Kinder kucken

II.   Zwischen vier Wänden

Flache Kiesel

Den alten Mann hörte das Kind, bevor es ihn sah.

Weiter oben am Hang brummte es manchmal, von der Bundessstraße her, aber den Schotterweg hinunter, am Wohnmobil, war es fast still. Selten waren da Vogelstimmen, zuweilen hatte der nahe Fluss ein wenig gegurgelt. Irgendwann aber hörte Philipp neue Geräusche: Zisch – zisch – pitsch – zisch. Oder: Zisch – pitsch - zisch – zisch – pitschpitschpitsch. Woher das immer kam, das hatte der Junge nicht sehen können.

Philipp war zunächst auf der Kante eines Campingstuhles sitzengeblieben, den Teddy auf dem Schoß, bald aber aufgestanden und stand nun vor dem Stuhl, horchend. Teddy blieb im Stuhl. Dann ein paar Schritte den Schotterweg hinab, aber nicht mal bis zur Wegbiegung.

Pitsch – zisch zisch zisch zisch zisch – pitsch.

„Philipp! Biste da draußen?" Der Vater, aus dem Wohnmobil.

„Jaa – ah!"

Ein paar Schritte weiter. Nur bis zur Biegung. Wenn das Kind sich umwandte, konnte es hinter sich immer noch das weiße Fahrzeug sehen. Zisch – pitschpitsch – pitsch – pitschpitschpitsch – zisch – pitsch.

Philipp ging los, zögernd; paar Schritte nur. Und wieder, ganz leise: Pitsch – zisch- pitschpitschpitschplopp. Und wieder! Nun war er um die Wegbiegung herum und sah unten am Weg einen alten Mann.

Dieser hieß Kalkhoff und hatte eine ziemliche Strecke hinter sich. Einiges lag noch vor ihm; zur Jugendherberge, das hatte er gewusst, würde er steil hinaufmüssen. Doch dann: der Fluss! Eine Weile war die Straße weit oberhalb des Flusses verlaufen und hatte Ausblicke geboten, aber keinen Zugang; bis endlich ein schmaler Pfad hinuntergeführt hatte, dorthin, wo sie prachtvoll lag: die Flussbiegung, schimmernd und im weiten Bogen an eine hohe, blassgelbe Felswand geschmiegt, eine breite Wasserfläche in der Sonne des späten Nachmittags, fast glatt, nur wenige kleine Strudel darin. Kalkhoff war vom Rad gestiegen und hatte es, beide Hände auf den Bremsen, vorsichtig und stockend hinabrollen lassen, am Lenker baumelnd den schweißnassen Helm. Auf dem steilen Pfad hatte Kalkhoff Mühe gehabt zu verhindern, dass sein Rad umkippte oder wegrutschte. Zum Glück war der Pfad nach einigen hundert Metern auf einen breiten Fahrweg getroffen, der offenbar weiter vorne von der Straße abzweigte. Ein Stück oberhalb auf diesem Weg hatte Kalkhoff ein Wohnmobil stehen sehen.

Kalkhoff hatte mit sich geschimpft. Die blöde Ungeduld! Wäre er auf der Bundesstraße weitergefahren, nur ein Stückchen, so wäre er auf den Abzweig zu diesem bequemen Weg gestoßen - so aber hatte er sich mühsam den Pfad hinuntergequält... warum?

Am Wasser angelangt, wusste er es: Der Fluss war's gewesen, dem hatte er nicht widerstehen können. Kalkhoff lächelte, denn ihm war, als habe er seit Stunden einen solchen Ort erwünscht und erwartet. Stille; zuweilen zaghaftes Vogelzwitschern, bloß dann und wann ein lauteres Gurgeln des Wassers, das aber nach heißen, trockenen Tagen nur träge floss und niedrig stand. Blaue Libellen über dem dunkelgrünen Spiegel, einige Mücken und Falter im Gegenlicht.

Kalkhoff hatte die Sandalen ausgezogen. Als er ins flache Wasser getreten war, spürte er sie: Glattgewaschene Kiesel. Da waren auf dem hellen Grund vor ihm hunderte und tausende, die bunt und klar leuchteten. Mehr noch lagen stumpf schimmernd im trockenen Uferbereich, dort, von wo der Fluss sich in den vergangenen Tagen zurückgezogen hatte. Kalkhoff verharrte einen Moment lang mit geschlossenen Augen, ehe er tief durchatmete und begann.

Das Kind blieb stehen, sobald es den alten Mann sah. Der war ein ganzen Stück entfernt. Der Mann bückte sich jetzt vor, richtete sich wieder auf, schaute auf seine Hand, machte irgendwas mit beiden Händen; danach stand er kurz still, irgendwie verbogen, streckte den Arm plötzlich zur Seite, stieß ihn nach vorn, und auf dem Wasser gab es eine Reihe glitzernder Punkte. Pitschpitsch – Zisch. Philipp konnte nicht erkennen, was der Mann da tat. Leise ging der Junge einige Schritte weiter, verharrte wieder. Auch der Mann stand einen Moment still, blickte, die Hand schützend über den Augen, übers Wasser, fuhr aber bald fort: Bücken – aufrichten – zur Seite neigen – pitschpitschpitsch.

Philipps Wartepausen waren kurz geworden. Inzwischen konnte er gut sehen, was der Mann tat: Der bückte sich nämlich nach Steinchen, schaute sie einen Augenblick an und befühlte sie dabei mit beiden

Händen; manchmal ließ er einen Stein fallen und bückte sich nochmals. Die Steine, die er nicht fallen ließ, schmiss er fort. Irgendwie aber auch nicht; denn sie hüpften ein paarmal vom Wasser wieder hoch. Philipp schaute gebannt zu, es war ja spannend: Ein paar schafften es fast über den Fluss, und der war breit. Manchmal hüpften sie in einer Linie, meist aber in einem flachen Bogen. Philipp wartete, ob es endlich einer schaffen würde.

Einmal drehte der Mann sich kurz um, musste Philipp gesehen haben. Er wandte sich wieder zum Wasser und machte weiter.

In der Ferne rief irgendjemand irgendetwas. Der eine aber bekam das nicht mit, und der andere wollte es nicht hören. Das Kind trat vor Kalkhoff hin, streckte den rechten Arm aus. „Kuckma!" Kalkhoff war irritiert. Auf was sollte er guckten? Vielleicht auf die dicke Uhr am leuchtend blauen Plastikarmband, die der Junge trug?

„Du hast aber eine schöne Uhr, schick", kommentierte Kalkhoff, „wie spät ist es denn schon?"

Das Kind blickte verständnislos. „Hab ich zum Geburtstag gekriegt."

Kalkhoff sah nun, dass das Armband falsch angelegt war; das Ziffernblatt stand auf dem Kopf. Er schaute länger hin, las die Zeit: fast halb sieben. Eigentlich sollte er sich beeilen, doch Kalkhoff lächelte, nickte dem Kind zu und versuchte es erneut: Vielleicht einen Zehner zu werfen oder sogar über den Fluss zu gelangen, auf beides würde er stolz sein.

„Was machst du da", fragte der Junge nun, obwohl er es ja gesehen hatte und durchaus hätte benennen können: *Der alte Mann da schmeißt Steinchen in den Fluss.* Aber irgendwie war es doch was Anderes als Steinchenschmeißen, also fragte das Kind.

Weil der Mann nichts gehört zu haben schien, bat es erneut. „Was machst'n da?"

„Titschen", antwortete Kalkhoff und ließ einen flachen Kiesel tanzen, siebenmal, und mindestens Zweidrittel der Flussbreite; nicht schlecht. „Titschen." Er richtete sich auf, und zum Jungen gewandt: „Wir haben auch Flippern dazu gesagt. Ich weiß nicht, wie Ihr hier das nennt." Philipp war näher getreten, ihm gefiel die Stimme des alten Mannes. Und nun konnte er auch besser zugucken. Er nahm

11

sich einen Kiesel, fast faustgroß, und hielt inne. „Hat dein Papa dir das gezeigt?"

Kalkhoff schleuderte seinen Kiesel – ein Achter, aber eher kurz. Er stutzte. „Mein Papa? Sicher nicht."

Philipp schmiss. Platsch. Weg war der Stein.

Kalkhoff war aufgerichtet stehengeblieben, den Blick über den Fluss. Sein Papa? Den brachte er nun gar nicht mit soetwas in Verbindung. Aber wann hatte er das Titschen gelernt? Und von wem? Er schüttelte den Kopf.

Platsch. Platsch. Links von Kalkhoff versanken zwei weitere Kiesel im Wasser. „Das geht garnich." Philipp stampfte mit dem Fuß auf. Kalkhoff seufzte. „Komm mal her."

Dem Jungen zeigte er, welche Kiesel infrage kamen; ganz viele zwar, aber man musste doch gut schauen und tastend die Form prüfen. Am besten immer die flachen, fast runden, schön glatten. Und dann das Werfen. Es war eben kein Schmeißen – nein, es begann damit, das Scheibchen aus Stein zwischen Daumen und Zeigefinger zu halten, den Zeigefinger anzuspannen und rasch, im Moment der höchsten

Spannung, den Daumen zurückzunehmen, so dass der Kiesel in rasche Drehung geriet und gleichzeitig fortgestoßen wurde. Natürlich nicht irgendwie, sondern ganz leicht geneigt, die höhere Kante Richtung Wasser. Vorher hieß es erstmal, sich leicht nach rechts zu neigen, damit der ganze Arm sich frei bewegen konnte, nun den Arm anzuspannen, auszuholen und sozusagen die Hand wegzuwerfen. „Aber wirf nicht die Hand weg, sondern lass nur das Steinchen los."

Die vielen Worte erreichten das Kind nicht. Großäugig, mit offenem Mund hörte Philipp dem anderen zu. Als der verstummte, sich bückte und Philipp einen Kiesel in die Hand drückte, warf Philipp. Platsch, weg war der Stein. Kalkhoff seufzte, ein Kiesel wechselte von der Linken in die rechte Hand. „Schau mir einfach mal zu. Ich mach' ganz langsam"

Unbeholfen ahmte Philipp nach, was Kalkhoff ihm vormachte. Dann: Plitsch-platsch.

Fast hätte der Mann wieder geseufzt, aber der Jubelruf des Kindes war schneller. „Kuckma! Der is gesprungen!" Gleich nochmal, jetzt: Plitsch-plitsch-plitsch.

13

Schotter knirschte, feste Schritte trommelten den Fahrweg zum Fluss hinunter. Das Kind erstarrte. „Da biste ja – das gibt's doch nich!" Erstaunt wandte Kalkhoff sich um.

„Wir rufen die ganze Zeit, und der Junge treibt sich hier rum! Was machen Sie hier mit meinem Kind?"

Kalkhoff ließ den Arm sinken, den Kiesel noch in der Hand. „Gar nichts mache ich mit Ihrem Kind. Ich zeige ihm, wie man Steinchen wirft. Titschen."

„Schwachsinn", kommentierte der Mann, der Dinzinger hieß, „Sie könn' doch hier mein Kind nicht aufhalten, der Junge müsste längst beim Abendbrot sein!"

Sie betrachteten einander. Der eine sah eine untersetzte Gestalt in Turnschuhen, tarnfarbenen Shorts und ansonsten, bis auf eine grüne Baseballkappe, nackt; blaue Adlerflügel lagen auf beiden Oberarmen. Kalkhoff vermutete, dass der Rest der Tätowierung den Rücken bedeckte.

Aus leicht erhöhter Stellung betrachtete der andere einen Mann mit grauen Haaren und grauem Bart, im karierten Hemd, an den Beinen eine Wanderhose, die Füße nackt. Ein Penner? Staubige Sandalen lagen auf dem Strand.

„Das macht Freude…", begann Kalkhoff, stockte. „…machen Sie doch eben mal mit." Dinzinger schwieg, und in diesem Moment des Stillstands rannte Philipp plötzlich los, ein kleines Stück weiter den Kiesstrand entlang, endlich hinauf bis zu den Felsen, hinter denen die Böschung steil anstieg. Einige Sekunden lang war er verschwunden.

„Phüllüpp!" dröhnte Dinzinger, setzte im selben Moment den linken Fuß vor, stemmte die Fäuste in die Seiten. Kalkhoff zuckte zusammen. Nochmals: „Phüllüpp", und das Kind kam keuchend hinter den Felsen hervor; es stellte sich einige Schritte neben den Vater. „Was war das denn nun", dröhnte der erneut los.

Der Sohn blickte zu ihm hoch: „Wollte nur mal was kucken."

Schon hatte der Vater ihn fest am Handgelenk gepackt, wandte sich stampfend ab und den Schotterweg hinauf. „Zum Abendbrot, aber zackig. Deine Mutter warten lassen…!" Auf dem Rücken des Mannes sah Kalkhoff tatsächlich den Rumpf des Adlers. Dessen Hals endete in Dinzingers Nackenhaar.

Vorwärtsgezogen, drehte Philipp sich halb zu Kalkhoff um; „Kommste morgen wieder?" Der zögerte kurz, rief jedoch, noch bevor das Kind um die Biegung geführt wurde: „Morgen früh!"

Genau… besser morgen. Ohnehin war jetzt Abendbrotzeit, obwohl die Sonne noch hoch am Himmel stand; und die Szene gerade eben hatte Kalkhoff sowieso die Stimmung verdorben, die Luft war raus. Allerdings: Morgen in der Frühe nochmals einen Schlenker hier herunter fahren, einen Umweg machen…? Unbedingt!

Schon vor sieben Uhr am nächsten Tag hatte Kalkhoff gepackt, gezahlt, anschließend rasch gefrühstückt. Er war den Berg hinab Richtung Fluss gefahren, hatte von der Straße aus den breiten Fahrweg genommen, und nun ließ er sich, vorbei am Wohnmobil, langsam und leise hinab zum Wasser rollen. Gegen einen der großen Felsblöcke, die hier und da aus dem Kiesstrand ragten, lehnte er das schwer bepackte Rad, setzte sich oben auf den Stein, atmete tief. Noch war es hier schattig.

Wie einmalig der Fluss hier war! Seine ganze Radtour hatte Kalkhoff so geplant, dass er häufig einen Fluss begleiten und ab und an schwimmen konnte. So hatte er auf breite Wasserflächen geblickt, hatte Ausflugsdampfern, Frachtkähnen und Paddlern zugeschaut und hatte Flüsse schwimmend gequert. Er war gegen starke Strömung angeschwommen und hatte gebadet in ruhigen Bereichen, wo das Wasser fast zum Stehen kam. So etwas jedoch wie diese stille Biegung eines breiten Flusses zwischen steilem Hang und flachem Kiesstrand, das hatte er noch nicht gefunden. In der Sonne duftete es, so wie nur Flusswasser duften kann. Steinchen knirschten, leises Trippeln. Kalkhoff schrak auf.

„Da biste ja!" Vor ihm stand Philipp; den hatte er ganz vergessen. „Komm weitermachen", flüsterte das Kind.

Kalkhoff nickte, ließ sich vom Felsen gleiten, und ehe er es sich versah, hatte der Junge seine Hand gefasst und zog ihn voran, weiter um die wuchtigen Steinbrocken herum. „Heut werfen wir da." Vom Schotterweg aus waren die zwei nun nicht mehr zu sehen.

An der Gesellschaft des Kindes hatte Kalkhoff bisher nichts gelegen, doch als er erfasst hatte, wie sehr Philipp sich bei jedem seiner wenigen Steinhüpfer freute, wandte er seine Aufmerksamkeit dem Jungen zu und begann, sorgfältig nach Kieseln für ihn zu schauen: nicht zu groß, möglichst rund, und möglichst flach. Drei Hüpfer, dann wieder nur zwei, nochmal zwei, darauf vier; einmal sogar die Fünf. Bis zu den Waden im Wasser stehend, jauchzten beide.

Kalkhoff hatte nichts gehört, Philipp aber musste etwas mitbekommen haben, denn unvermittelt ging er aufs Trockene und fummelte sich die Sandalen an die nassen Füße. Nun hörte es auch Kalkhoff, vom Weg her: „Phüllüpp!!!" Schotter knirschte, Schritte näherten sich.

Er sah den Jungen Junge blitzschnell unter einen Felsen kriechen und sofort wieder auftauchen; hörte, wie er halblaut „Wiedersehn" sagte; schon rannte Philipp den Fahrweg hinauf. Den rechten Arm ausgestreckt, hielt er etwas leuchtend Blaues in die Luft, schrie: „Hapich wiedergefunden! Is wieder da!" und war um die Wegbiegung verschwunden.

Donnerwetter, dachte Kalkhoff, alle Achtung.

Er wartete noch eine Weile, ehe er aufbrach.

(2018)

Sommermarmelade

Obwohl Mutter schon dreimal gerufen hatte und ich sowieso wach auf dem Bett lag, bin ich nicht zum Frühstück runtergegangen. Ich hatte durchs offene Fenster die ganze Zeit schon gehört was da ablief: Frühstück, ja schon; aber dabei auch: Johannisbeeren entstielen, Erdbeeren putzen und alles andere, was zur Sommermarmelade gehört. Die Großen waren schon früh auf gewesen, waren in den Büschen, bevor es richtig heiß wurde; ich hatte das genau gehört, klar! Sabrina hatte mitgemacht und am Schluss auch Jenny. Ich nicht.

Als ich schließlich runterkam auf die Terrasse, war gleich dicke Luft, jedenfalls was mich betrifft. "Also essen kannst du sie offenbar", hat Mutter spitz gesagt, als ich mir das rote Zeug aufs Brötchen geschmiert habe.

Kirschen, rote Johannisbeeren, Himbeeren, Erdbeeren, schwarze Johannisbeeren - ein roter Matsch, ich weiß nicht wo es das sonst noch gibt.

Jenny hat nur ganz langsam mitgetan. Sie war so still und irgendwie nicht bei der Sache, aber Jenny hat ja auch die Himbeeren untersuchen sollen, nach Maden, was für ein Blödsinn. Sie hat's dann doch gemacht. Genau als Papa kurz die Treppe vom Garten heraufgekommen ist, hat sie gemault - ihr Pech! Also: „Fleisch und Obst gehen nicht zusammen, basta." So ist Papa. Natürlich hat Sabrina gegrinst, die saß da in einem neuen Badeanzug und pulte fleißig Kirschkerne aus, ihre Hände waren schon triefend rot.

Omas Hände auch. Die hatte vor sich zwei Eimer mit Erdbeeren, die waren nicht mehr so toll; manche richtig matschig, angebissen, mit trockenen Blättchen dran, mit Krüstchen von Dreck und Erde vom letzten Gewitter.

Die Erdbeeren, die schon etwas weich waren, so rosa und weißlich, die hatten genau die Farbe wie Omas Hände sonst sind. Jetzt waren die dicken Hände mit den zwei Eheringen aber leuchtend rot.

Als Mama mal aus der Küche kam, brachte sie frischen Saft in einer Glaskanne. Ich bin kurz mit ihr rausgeflutscht, aufs Klo; in Wirklichkeit habe ich meine Fußballerbilder geholt, das ganze Kistchen. Zwölf Mannschaften der ersten Liga hatte ich voll, ich habe die aber immer neu sortiert: Zum Beispiel alle Verteidiger, alle Torwarte und so. Immer wenn keiner guckte. Jenny hat immer noch gemault über das Himbeerenpulen. Mama kam gerade wieder raus auf die Terrasse, rief: „Wo ist denn euer Vater, den brauchte ich jetzt mal, den Entsafter hochzuheben."

Sabrina hat geantwortet, dass Papa noch im Garten ist, ganz hinten, hinter dem Himbeergestrüpp, und buddelt. Mutter hat geseufzt und ist wieder rein.

Bald ist sie zurück, weil Jennys Gemaule sie gestört hat. "Hast du denn etwa noch Hausaufgaben zu machen?"

Da war die Jenny ganz glücklich: "Ja, klar. Eine Geschichte schreiben."

"Also mach' die doch lieber erst mal." Mutter wieder raus, und Jenny hat ihr Heft und das Mäppchen geholt.

"Was macht der Vater denn bloß da draußen, Sabrina", hat die Oma giftig gefragt.

"Der buddelt dahinten so'n Loch oder schaufelt zu, was weiß ich denn."

Mir war das Kärtchen mit dem Heiko Herrlich unter die Sitzbank gefallen; ich habe ihn mit dem Fuß hin und her geschoben und überlegt, ob ich ihn eigentlich noch zu Mönchengladbach oder schon zu Dortmund stecken sollte. Verkauft war er ja eigentlich schon.

"Was schreibst Du denn", hat Sabrina die Jenny gefragt. "Eine gruselige Geschichte muss ich schreiben." "Gruselgeschichten, im Sommer...!" Sabrina stand auf, ging zum großen Spiegel im Flur. "Die gehören in den Winter, echt."

Sabrina geht schon in die 7. Klasse und kommt sich immer sehr schlau vor. Die Jenny geht in die Vier und blickt echt wenig. Ich bin in der Fünf und eigentlich der Schlaueste. Aber gerade Sabrina kann das natürlich nicht zugeben. Sie stand jedenfalls noch ganz lange vor dem Spiegel in ihrem zu weiten Badeanzug und räkelte und streckte sich und hob ihre Busen ganz hoch nach oben. Da blieben sie aber nicht. Immer wieder hob sie die hoch. Papa kam gerade mal kurz rein mit seinem rot verschmierten und dreckigen Unterhemd und war klatschnass, holte eine Axt. "Meinst Du das hilft?" hat er Sabrina angemuffelt. Die hat sich weggedreht.

"Kann denn der nicht vor der großen Hitze die Arbeit draußen zu Ende bringen?" hat Oma gestichelt. "Wohl nicht", hat Sabrina ganz trocken gemeint. Oma hat sich umgeguckt, ob Mama irgendwo steht, und dann gerufen: "Geradezu peinlich, der Mann!" Jenny saß da mit dem Kopf überm Heft und hat feste geschrieben.

"Wisst ihr, Kinder", fing die Oma wieder an, "als junger Mann war euer Opa..." - dabei hat sie auf die zwei goldenen Ringe an der linken Hand getippt - "...in Polen und Russland. Was meint Ihr, was er da Gruben ausgehoben hat! Es gab da eine Menge Menschen, die begraben werden mussten. Glaubt doch nicht, dass die sich damals so viel Zeit lassen konnten! Euer Vater schafft ja kaum sein eines Loch."

Gerade da kam Mutter wieder rein, fertig geputzte Beeren holen. Himbeeren, Johannisbeeren, Erdbeeren, Kirschen - alles zusammen rein in die nächste Sommermarmelade.

"Na, Jennyschatz, geht's voran?"

Die Jenny hat gestrahlt und angefangen zu lesen - etwa so:

"Heute Morgen ist es sehr schön gewesen. Da bin ich schön früh aufgewacht. In der guten Luft habe ich Waldmann spazieren geführt." „Warst Du etwa heute früh mit Waldmann weg?" hat die Mama erschrocken gerufen.

"Der Papa war doch auch schon draußen, ganz früh."

"Das wird der Waldmann aber nicht erzählt haben", hat die Sabrina gefeixt.

Jenny wollte jetzt weiterlesen. "An dem Weg stehen sehr schöne Blumen. Die heißen Gingster."

"Der Gingster ist ein Strauch und heißt Ginster", kam es von der Oma.

"Dann sind da auch noch schöne Johannisbeeren und schöne Heggen."

"Heggen schreibt man mit Zeckah", hat Mama verbessert.

"Wo alles so schön und schön und schön ist, wird es ja auch schön gruselig werden." Sabrina ist zu Jenny richtig fies höhnisch gewesen. Mama hat gemeint, sie soll doch die Klappe halten. Jenny sollte man schön weiterschreiben. Mama ist wieder raus, und weil Oma nicht aufgepasst hat, habe ich alle Stürmer von den Fußballern raussortiert, und zwar nach Zahl der Tore geordnet. Mann, waren da Kanonen bei! Kirschen habe ich auch noch entsteint.

Als Sabrina ihren Eimer leer hatte, ist sie wieder vor den Spiegel in ihrem Badeanzug.

Ich habe ihr gesagt, dass er ja wohl einmalige Super-klasse ist, ihr neuer Badeanzug; "Das ist kein Badean-zug, das ist ein Baddy!" hat sie geschrien. Die Jenny hat immerzu geschrieben.

Sabrina hat den Fernseher auf die Terrasse geholt und ist raus zu Mama. Ob wir beim Putzen einen schönen Video sehen könnten; Mama hat geantwor-tet: wenn die Jenny fertig ist mit ihrer Geschichte.

Sabrina ist noch mal in die Küche gerannt. "Können wir Rambo oder Highlander sehen?" Als sie zurück-kam, hat sie eine Flappe gemacht, weil Mama so was mit Gewalt nicht haben mochte.

Jenny hat dauernd an ihrem Stift gekaut; "Bist Du fertig?" "Ja schon, aber wie wird appe geschrieben", hat sie geantwortet.

Ich hab' gemeint, dass Appe sich hier noch nicht vorgestellt hat, wer das denn sei.

Sie hat mir den Stinkefinger gezeigt und gefragt, ob ich denn blöd sei; appe kennt doch jeder, das appe Bein, ein appes Ohr, und so weiter.

Ich habe gerade meine Verteidiger nach roten Karten geordnet, die mit den wenigen lagen oben.

Oma hat da aufgehört mit den Beeren und war ganz streng und hat gesagt, das sei kein gutes Deutsch. Es müsste heißen: "Das fehlende Ohr", oder "das abgetrennte Bein".

Jenny sollte nun ihren Satz vorlesen; Mama kam in dem Moment mit einem Video rein. "Ich habe hier was Gutes", hat sie gesagt, "wenn die Jenny fertig ist". Die Mama hat 'Das Schweigen der Lämmer' auf den Tisch gelegt.

"Deine Tochter kann noch kein Deutsch", hat da die Oma gerufen, "sie soll dir grad mal ihren Satz vorlesen."

Wir haben also alle aufgehört zu pulen und zu machen. Sabrinas Baddy hatte schon rote Flecken, und meine Fußballspieler sowieso. Oma hat ihre tropfend roten Hände feierlich hochgehalten, damit alle stille waren und Jennys Geschichte hörten. Die las dann:

"Waldmann ist bei meinem Pfiff schön zurückgekommen. Im Maul wars bei ihm so rot wie Sommermarmelade. Das war die appe Hand."

"Wenn die schreibt 'rot wie Sommermarmelade', da versteht das doch außer uns kein Mensch." Die Oma hat gemeckert.

"Du musst sagen, rot wie Kirschen", meinte Mama, "oder rot wie Erdbeeren."

"Wieso appe Hand?" hat Sabrina gefragt.

Die Jenny ist rot geworden und hat gemeint: "Na eben, die ganze Hand war da, in der Nähe, wo auch ein Fuß und ein Arm gelegen haben. Gleich am Zaun auf der Seite vom Bahndamm."

Irgendwie waren wir jetzt ganz still, man hat gehört, wie Vater hinter den Johannisbeeren und Himbeeren geschaufelt und geschippt hat, die Erde ist durch die Luft geflogen, er hat sein Loch wohl gerade wieder zugeschaufelt.

Die Mama war aber richtig sauer und hat gerufen, es hätte keiner die Jenny gebeten, morgens vor dem Frühstück mit Waldmann rauszugehen. Die Jenny saß immer noch rot da und hat nichts mehr gesagt.

Die Geschichte von Jenny fand Mama sowieso unmöglich. Sie hat nämlich zu ihr gesagt: "Gib her, ich schreib' Dir jetzt Deine Geschichte" und hat das Heft selbst in die Hand genommen.

(1995)

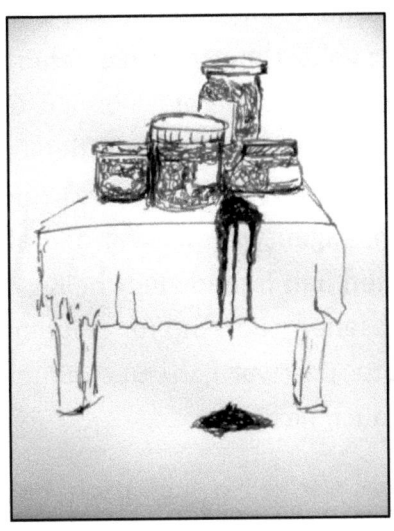

Jedem sein persönliches Exemplar

Den Gerald Gentner hatte keiner von uns auf dem Schirm gehabt, ehrlich. Wen aus der Clique du fragst – Gerald: Nein, nie, never.

Ich meine so: Wenn einer bei ‚ner Feier was Krasses vorhat, so wie hier beim Abiball, dann sickert was durch. Immer. Eigentlich. Aber man erwartet das, wenn überhaupt, aus zwei Richtungen: Einmal von den Coolen. Und zu den Coolen hat der Gerald nun wirklich nicht gehört, hatte er nie gehört, ich meine: Wen die Eltern schon Gerald Albrecht Gentner nennen, der startet nicht gerade auf der Pole Position. Manchmal kommen Spezialeffekte aber auch von den Anderen, sagen wir mal von den absoluten *Losern*, die bauen halt irgendwie Scheiße, haben wir in der Schule gesehen, ‚*Bowling for Columbine*‘ hieß der Film. Nur Tote. Das war ganz übel. So einer war der Gerald aber auch nicht.

Ganz klar, was wir selbst vorhatten, das wusste ich natürlich. Der Striptease, den Lucky so in den Orchesterauftritt eingebaut hat, dass er wie eine echte Störung wirkt, der war wirklich zum Schreien. Und die Rede von Marlene, mit den dauernden Versprechern, und als wäre sie wirklich die Schülersprecherin, die war auch klasse, bevor nämlich Philipp als echter Schülersprecher kam und alle gewürdigt hat, also vom großen, großen Dank an Dr. Wiencker, der sich ja für uns alle aufopfert, über den Förderverein bis zur Putzfrau. Nein, umgekehrt, erst die Putzfrau. Anschließend hat Yvonne sich bei unserer Tutorin Lütjenkamp bedankt, für die ganze Gruppe, aber: Ihr persönlich habe Frau Lütjenkamp in einem schweren Jahr wirklich das Leben gerettet, ohne Übertreibung…; Gott, wie peinlich! Aber dann kam Gerald.

Also im Rückblick hätte ich, ganz besonders ich, nicht so baff sein müssen über Gerald. Klar, viele hatten mal mit ihm zu tun gehabt, erst in einer Klasse, später in einem Kurs oder einer Tutorengruppe, oder vielleicht in einer AG. Der Gerald ist ja so ein ganz Stiller und hat sich eigentlich immer im Hintergrund gehalten, der spricht ja sowieso leise, aber ich habe mich mal länger mit ihm unterhalten, als wir zusammen im Deutschkurs waren; es ging da um Kommunikation. Die Aufgabenstellung war: „Beschreiben und analysieren Sie eine der Kommunikationssituationen, die Sie am kommenden Wochenende erleben werden." Ätzend. Der Gerald jedenfalls hat darüber geschrieben, dass sein Vater alte Schulfreunde zu Besuch hatte, und die ganze Zeit hätten die Männer über ihre früheren Lehrer geklagt, hätten nur geschimpft, gelästert. Der Gerald hatte den Ablauf total genau dargestellt, die ganze Atmosphäre, jeder hat's kapiert. Später an dem Tag sind wir eine Weile gemeinsam im Auto gesessen, mein Vater hatte ja bei dem Kaff zu tun, wo der Gerald lebt, und als er mich von der Schule abgeholt hat, haben wir erst mal den Gerald heimgefahren. Eigentlich hatten wir beiden ja kein gemeinsames Thema, und genau deshalb kamen wir irgendwie nochmal auf seinen Vortrag, den die Lehrerin nämlich spitze fand. Gerald war noch richtig aufgedreht, was der sonst eher nicht war; hat viel geredet. „Ihr könnt mir glauben: Sowas wie meinem Vater wird mir nicht passieren. Die ganze alte Scheiße jahrelang in sich gären lassen – total unwürdig ist das, Mensch, für Erwachsene! Blockiert einen doch. Passiert mir ... garantiert nicht. Garantiert." Das Wort garantiert hätte mich stutzig machen können, sage ich heute, warum sagt einer denn sowas, der muss doch einen Plan haben. Aber viele blasen ja die Backen auf und haben doch null Plan. Oder sind einfach froh, wenn das Abi endlich durch ist, egal was sie vorher alles geschworen hatten.

Dass der Gerald aus einem Kaff hinter den Bergen kam, spielte wohl auch eine Rolle dabei, dass er bei uns in der Szene nicht angedockt hat. Beschissene Busverbindungen, und gejobbt hat er auch immer, bei der Raiffeisen im Lager, die Eltern hatten wenig Kohle, glaube ich. Kann sogar sein, dass er da draußen eine Freundin hatte, die nicht aufs Gymnasium ging. Ich meine, da war sowas gewesen, eine, die in der Ausbildung war. Für die Schule geackert hat der Gerald allerdings schon, war so Mittelfeld, also keiner, der echt zittern muss, war aber auch nie in der Nähe von Dr. Wienckers goldener Liste, von der er jedes Jahr bei der Abifeier stolz wie Bolle all die abliest, die ein Einser-Abi haben. Der Gerald hatte lauter Naturwissenschaften gewählt, aber irgendwie hatte er nicht nur die im Kopf, er hat nämlich zwei Jahre lang in der Literatur-AG mitgemacht, obwohl er davon punktemäßig nichts hatte. Mich hat das mit der AG erst gewundert, aber als Gerald auf dem Podium stand, hat er ja erklärt warum. Erstmal hat er sich bei Herrn Hübenthal bedankt, weil er den wohl wirklich gut fand, und ist schließlich auf den Inhalt der AG gekommen; „Schätze von gestern. Schulklassiker der Siebziger." Hübenthal hat die Schwarten behandelt, die zu seiner Schulzeit angesagt waren – ich glaube, was von einem Camus, und auch ‚Schöne Neue Welt', auch ‚1984', dann was von einem Dörrenmatt. Und ‚Der Untergang', von Thomas Mann. Also Gerald hat echt begeistert erzählt. Aber ab zweitem Halbjahr der 12 hatte er gar nicht mehr an der AG teilgenommen; weil der Termin sich wohl mit dem seiner Freiwilligen Feuerwehr überschnitt, oder so. Freiwillige Feuerwehr, das muss man sich mal reintun! Na, jeder setzt im Leben seine Prioritäten. Übrigens könnte ich mir denken, dass Hübenthal zehn Minuten später sauer auf Gerald war, als er den Inhalt von Geralds Buch gecheckt hatte; für das Kollegium sah es jetzt so aus, als ob der Hübenthal mit dahinter steckte; stimmte ja nicht, denn Gerald hatte die AG nur als Vorwand gebraucht. Er war einfach ganz dreist auf die Bühne gegangen, als eigentlich nur Umbaupause für die Band und den Ball sein sollte, und hatte gesagt: „Aus der Arbeit der Literatur-AG heraus ist ein kleines Abschiedsgeschenk für die Lehrerschaft und natürlich auch für meine Mitschüler entstanden." Das war insofern völliger Quatsch, als die Sache nur von Gerald allein kam, nichts mit der

AG; er wollte halt, dass man ihm kurz Aufmerksamkeit schenkt – Literatur-AG, kommt doch gut! - und ihn dann machen lässt. Irgendwie seriös sah er ja sowieso aus, dunkler Anzug, hellblaues Hemd; aber irgendwie seriös haben wir an dem Abend wohl alle ausgesehen. Gerald jedenfalls hat die Pappkartons geöffnet, die er irgendwie vorher auf die Bühne gebracht hatte, und hat vier Schüler vom Tisch vor der Bühne zu sich gerufen. Ich glaube, die kannte er kaum, er hat aber einen richtigen Chefton draufgehabt, und die kamen sofort zu ihm rauf. Gerald hat ein graues Büchlein hoch in die Luft gehalten und erklärt, dass es sich um Erinnerungen aus vielen Schuljahren handelt, um kurze Notizen und Schnappschüsse von bestimmten schulischen Ereignissen, die sonst nicht beachtet werden. Er hat in die Pappkisten gegriffen, stapelweise kleine graue Bücher herausgehoben und sie den vieren vom Schülertisch gegeben: Die beiden Mädel sollten sie an die Eltern und Schüler verteilen, „achtundsiebzig Exemplare an achtundsiebzig Abiturienten und an Sie, liebe Eltern"; die Jungs sollten dreiundfünfzig Exemplare an die Lehrerschaft verteilen. Er räusperte sich. „Nun weiß ich ja, dass in unserem Jahrgang nicht dreiundfünfzig Lehrkräfte unterrichtet haben, aber Ihre Kollegen sollen nicht ausgeschlossen werden, deshalb bitte ich Herrn Auenrott als Personalratsvorsitzenden, die überzähligen Texte an die abwesenden Kollegen weiterzureichen. Übrigens sind alle Exemplare nummeriert und signiert, da es sich um eine einmalige Edition handelt. Und jetzt: Vielen Dank, und eine gute Lektüre."

Nach diesen Worten ist Gerald dann von der Bühne gegangen. Er hat etwas ratlos geguckt, wohin er sich nun setzen sollte. Offenbar war von seiner Familie niemand anwesend, Gerald hatte also keinen festen Tisch; wir allerdings waren nur zu dritt, meine Schwester hatte nämlich keinen Bock gehabt mitzukommen. Weil wir ziemlich nah der Bühne saßen, habe ich Gerald wohl zugenickt. „Hallo Pascal!", rief er, und als er sich zu mir gesetzt hatte, da schien er erleichtert. Unser Exemplar seines Buchs lag mitten auf dem Tisch, ungeöffnet. ‚Pädagogische Erlebnisse' hieß es, schwarz auf Hellgrau, und darunter: ‚Notizen aus sieben Jahren. Gesammelt von Gerald A. Gentner.' Als Dekoelement lief quer über den Umschlag die Silhouette unseres Roman-Herzog-Gymnasiums. „Gott, wie eitel", dachte ich, „was für

ein Schleimer", und ich habe mich über Gerald geär-
gert.

„Na, das ist ja interessant", sagte meine Mutter und
nahm das Buch. Ich kenne sie ja: So interessant fand
sie die Sache gar nicht, denn sie hatte eine rauchen
gehen wollen und sich vor allem auf das Tanzen ge-
freut, aber sie ist echt sehr höflich und schaute nun
wirklich ins Buch. Als sie mächtig die Stirn runzelte,
bin ich an sie ran gerutscht und habe mit reinge-
schaut. ,7. Klasse, 18. Oktober'' stand da. ,Erdkunde
bei Studienrat Böcke. Margot weiß auf die Frage
nach der Hauptstadt von Mecklenburg-Vorpommern
keine Antwort. Studienrat Böcke sagt: „Von Körper-
masse lässt sich nicht auf Hirnmasse schließen."

Gerald hat zur Bühne hingeschaut, während meine
Mutter umblätterte und wir gemeinsam lasen: ,7.
Klasse, 22. Oktober. Mathe bei Studienrat Böcke. Der
Claudio schafft es nicht, an der Tafel schriftlich zu
teilen. Herr Böcke sagt: „Auch bei deiner Intelligenz
handelt es sich jedenfalls nur um eine Teilmenge.
Setzen. Fräulein Margot soll bitte nach vorn an die
Tafel rollen, und dort bitteschön endlich mal den
Mund aufmachen." Mein Vater schaute inzwischen
auch ins Buch, blieb irgendwie an dem Namen Böcke

hängen, und fragte leise, wer denn der Herr Böcke sei, habe er ja noch nie gehört. Bei mir hatte es inzwischen klick gemacht, denn ich wusste ja, wen wir in der Siebten gehabt hatten, das war Oberstudienrat Scheuermann gewesen. An die Sache mit einer Margot habe ich mich aber nicht erinnert, an die mit ‚Claudio‘ schon, aber der hatte Klaus geheißen. Inzwischen hatte meine Mutter weiter geblättert, hat gelesen, ich habe immer mal gelinst. Es ging in dem Buch so weiter, erst immer wieder Böcke, danach noch andere; aber Böcke hielt die Spitzenstellung. Ein Klopper nach dem anderen. Gerald stand auf und fragte, ob er noch jemandem ein Bier von der Theke mitbringen sollte; Wein werde ja am Tisch serviert. Mein Vater nickte, ich nahm meiner Mutter das Buch aus der Hand und blätterte bis nach hinten. Es hatte immerhin gut hundertfünfzig Seiten. Der Name Böcke (alias Scheuermann) blieb der Spitzenreiter, und das passte ja auch wirklich, Scheuermann war an der Schule der Arsch mit Ohren. Irgendwie passt es trotzdem, dass er einen guten Draht zum Schulleiter hatte, und wohl noch weiter nach oben. Ist inzwischen ja schon Konrektor.

Geralds letzte Eintragung war vom 4. März dieses Jahres, ausnahmsweise wurde nicht Böcke porträtiert, sondern Frau Dr. Berlinger, die hier aber Trümper hieß. „Natürlich würdige ich es, dass Sie einen Laptop anschalten können, Sandrine; aber können Sie auch ein Buch lesen? Eins von den dicken Dingern mit den schwarzen Zeichen darin?" Es ging dabei um Melanies Präsentation zum Verfahren der Gen-Schere, und die war wirklich nicht doll, ehrlich gesagt: ziemlich daneben. Aber ich wusste, was in Melanies Familie gerade los war, ich hatte mich gewundert, dass sie überhaupt in die Schule kam. Der Spruch mit den Büchern verfolgte sie jedenfalls noch Wochen. Das war krass gewesen. Ich schaute zur Theke: Gerald stand hinten in einer elend langen Schlange, das konnte dauern, bis der wiederkam. Während mein Vater blätterte, las, blätterte, las, habe ich mich umgeschaut; auch die meisten Lehrer haben geblättert, gelesen, getuschelt; Scheuermann und Wienckens standen, diskutierten gestenreich, schließlich griff Scheuermann Wienckens am Arm und zog ihn Richtung Ausgang. „Ich rauch' dann mal eine", sagte meine Mutter, „weil der Tag ja so schön ist", und ging auch Richtung Ausgang.

Mein Vater hat mich zu sich hinüber gewinkt, gefragt, ob die Notizen denn der Wahrheit entsprechen; ich habe ihm geantwortet, dass mir Vieles unbekannt vorkommt. „Aber das, an was ich mich erinnere, war genauso, wie Gerald es geschrieben hat." „Also hat dein Kumpel seit der Siebten notiert, was an unmöglichen Sprüchen gekommen ist?" Ich nickte, aber: Wenn ich Gerald damals hatte schreiben sehen, hatte ich natürlich immer nur gedacht, er sei halt ein strebsamer Schüler. „Irre", sagte mein Vater, „seit der Siebten, echt irre." Er las, ich wartete auf mein Bier und fragte mich, was Scheuermann und Co jetzt wohl machen werden. Das Abizeugnis konnten sie Gerald ja wohl nicht wegnehmen, und ihn anzeigen eigentlich auch nicht; die Lehrernamen hatte er konsequent verändert. Und doch wussten alle irgendwie genau, wer gemeint war. Gute Arbeit!

Als Mutter wiedergekommen war, hat sie uns angestrahlt; „Na, habt Ihr keine Fragen?" Es war klar, sie hatte große Ohren gemacht. „Es gibt eine gute und eine schlechte Nachricht", hat sie hinzugefügt. Mein Vater wollte die Schlechte hören, ich die Gute. „Die Gute für euren Freund ist: Die Schule wird nichts unternehmen." „Und die Schlechte?" „Dasselbe. Wenn

Lehrer sich hier so verhalten, wie es da steht, wäre eine Anzeige ja irgendwie ein Eingeständnis; aber euer Scheuermann will partout nicht, auch wenn der Doktor Wienckens gezetert hat. Tja."

Wir drei schwiegen eine Weile; auf irgendeine Weise war jeder von uns verblüfft. Ich sah, dass Gerald nun zwei große Biere in Händen hielt, sich aber in heftigem Gespräch mit ein paar anderen Jungs befand und wohl nicht so bald kommen würde. Mutter nahm unser Exemplar in beide Hände, klopfte damit auf den Tisch und fragte, warum ich sowas – wieder klopfte sie mit dem Buch – zuhause nie erzählt habe. Tja, ich wusste das nicht. „Ich glaub', mich hat's nie getroffen. Und die Sprüche waren oft einfach cool, die blieben hängen." Meine Mutter hat geseufzt. Nun wollte sie wissen, ob Gerald den gewissen Lehrern mal Paroli geboten hat, mal die Meinung gesagt. Aber das hat er wohl nicht, jedenfalls nicht dass ich's mitbekommen hätte. „Und Ihr Anderen?" hat meine Mutter nachgehakt; „Eure Klassensprecher?" Aber da konnte ich nur die Achseln zucken. Mein Vater hat sich geräuspert und mit tiefer, feierlicher Stimme aus dem Buch vorgelesen: „Motto des Buches: Das Vergangene ist nicht tot, es ist nicht einmal vergangen. William Faulkner."

Ich wusste erst mal nicht, was das sollte; meine Eltern haben sich zugenickt, da hatte ich keine Lust zu fragen.

„Mein Vater hat immer so Kalendersprüche", habe ich zu Gerald gesagt; ich wollte nicht, dass er denkt, der sei so wahnsinnig gebildet. Für Mutter und mich kam dann der Wein, wir haben getrunken, und jetzt fing mein Vater an. „Mal was ganz Anderes. Was wird dein Freund denn studieren", fragte er. „Ist nicht mein Freund", habe ich abgewehrt, aber er hat nachgesetzt: „Was studiert denn so jemand?" „Lasst uns alle mal raten", schlug Mutter vor. Mein Vater tippte auf Jura. „Anwalt, Richter, Staatsanwalt: Hauptsache ums Recht kämpfen."

Meine Mutter hat gelächelt: „Ganz klar Psychologie. Das Böse verstehen. Und Menschen helfen, die vom Leben gekränkt sind. Was meinst du, Pascal?"

Zwei Asse waren schon ausgespielt; was hatte ich auf der Hand? „Journalist vielleicht. Da geht's dann ja auch ums Schreiben, und vielen um mehr Gerechtigkeit. Nee, noch besser: Lehramt. Um es besser zu machen als die Scheuermänner hier."

Gerade da ist Gerald mit den Bieren gekommen. Mein Vater hat sich freundlich bedankt und ihm das Geld gegeben, was Gerald sogar genommen hat. Dann tat er, als sei ihm plötzlich etwas eingefallen: „Unser Pascal" – ja, das hat er gesagt – „unser Pascal hier will ja Wirtschaftsingenieur werden. Und was haben Sie vor?" Gerald hat gelacht, er hat richtig gelöst gewirkt, vielleicht hatte er ja schon was getrunken, und hat ganz souverän meine Eltern zum Raten aufgefordert. Aber nur sie, denn ich müsste die Antwort ja wissen. „Hm, vielleicht Jura", hat mein Vater gesagt; Gerald hat gelacht und meine Mutter angeschaut. „Also, passen würde genauso Psychologie oder Pädagogik."

Gerald hat erstaunt geguckt, hat zu mir geschaut und gegrinst: „Natürlich Biologie, das war doch immer mein Leistungskurs, es gibt nichts Spannenderes. Prost!" Er trank auf Ex.

In dem Moment fing die Band an zu spielen, ich meine, das Stück hieß ‚Dreamer'; keine Minute, und einige Paare waren auf der Tanzfläche. Gerald klopfte dreimal auf die Tischplatte, verabschiedete sich rasch und zischte durch den Saal zu einem großen Tisch, an dem Fatma, Inken und Charlotte mit ihren Eltern saßen. Als ich mich umdrehte, hatte meine Mutter den Vater schon auf die Tanzfläche gezogen, immer gerufen: „Unser Stück, Oliver! Unser Stück!" Schwupp, habe ich auch Gerald auf der Tanzfläche gesehen, mit Fatma und Inken, aber hallo!

Ich selbst bin ebenfalls weg vom Tisch, und es ist ziemlich spät geworden an dem Abend. Als es dann dämmerte, habe ich uns mit Alexander, Xavier, Thorben, Eva-Christine und Eva-Sophie ein Großraumtaxi gerufen. Irgendwie wollten wir noch zusammenbleiben, nach diesem Tag, deshalb haben wir alle erst die Eva-Christine nach Hause gefahren, weil die weit außerhalb wohnt. Thorben hat in seinem Exemplar von Gerald geblättert, irgendwie damit herumgespielt, hat gekichert und gerufen: „Guckt mal, es hat ein Motto! ‚Für…', und da hat er gestockt, "für Malgor-za-ta P."

Ist kein Motto, hat Eva-Marie gegähnt, „ist eine Widmung." „Aber was heißt das denn, Malgorzata P., ist das ein Name?"

„Vielleicht ein Zauberspruch?". Das kam von Eva-Christine. Schweigen.

„Wenn ich mal eine Sache klären darf…" Ich war überrascht, dass der Fahrer sich einschaltete – „…sprechen Sie es Maugorschata aus, mit weichem - sch -, und Sie haben einen polnischen Mädchennamen. Heißt auf Deutsch Margarete."

Ich habe „Vielen Dank!" gesagt, aber im gleichen Moment fragte Thorben „Sind Sie Pole?" Ob mein Dank angekommen war, weiß ich nicht, jedenfalls hat der Fahrer gesagt „Tscheche, aber ein paar Dinge weiß man eigentlich schon. Das Buch ist einer Frau gewidmet." „Offenbar die Freundin von unserm Gerald, dann ist ja alles klar", dröhnte Thorben. „Ist doch süß", fand Eva-Marie.

Danach waren alle still. Alexander schlief sowieso, und Eva-Christine sammelte schon mal ihre Klamotten zusammen. In meinem Kopf hat es klick gemacht. Eine Margarete hatten wir einmal, in der Sieben und Acht; das war die Margarete Poznanski, ein dickes Mädchen aus Polen, noch nicht lange in Deutschland, ihren Namen hatten wir lustig gefunden, Possmannski haben wir gesagt. Wie der Äppelwein! Die war ziemlich stark in Mathe, aber mit dem Deutschen hat's total gehapert. Ich weiß noch, dauernd wurde die rot, so nach dem Motto: ‚Entschuldige, dass es mich gibt.' Und mir fiel ein, dass in Geralds Buch eine Margot vorkam, ganz am Anfang, danach noch oft. Und dass er ja die Namen verändert hatte: die der Lehrer total, aber die der Schüler nicht so doll. Ich habe weiter geblättert, nachdem Eva-Christine mit Küsschen links und Küsschen rechts ausgestiegen war. Es war schon ziemlich hell, als wir anderen zurück in die Stadt kutschiert wurden. Ich habe geblättert, aber: Nach Klasse 8 nichts mehr von einer Margot. Da wusste ich es wieder: Unsere Margarete war nach der Acht gegangen, war verschwunden.

Aber jetzt war ihr dies Buch gewidmet, mein persönliches Exemplar.

(2018)

Wintergarten / Sarajevo

Obwohl tatsächlich Anfang November, hatten diese Mittagsstunden Vera alles von einem Spätsommertag geboten.

Der helle Bungalow hier an der Bergstraße war ein Schnäppchen gewesen. Ländlich, aber in die Großstadt nur ein Katzensprung. Wie gut, dass ihr neuer Wintergarten noch im Oktober fertig geworden war; er hatte das Haus um einen weiten Raum, fast eine Halle, vergrößert: Von Licht durchflutet und doch etwas beschattet, durch den alten Eichbaum davor.

Zwischen die neuen Topfpalmen und den leise zischenden Zimmerspringbrunnen hatte Vera sich in den besonnten Raum hinein eine Liege gestellt und darin gedöst; in Jogginghose und Kapuzenhemd. Das Radio dudelte leise, ganz leise, damit sie Jonas hören konnte, denn der schlief oben und hustete manchmal. Ob sie wollte, dass er aufwachte, oder ob sie froh war, Stunden für sich zu haben, mal ohne dies

Kind - Vera war unsicher, aber im Grunde war ihr die Ruhe lieber. Solange das Fieber nicht weiter anstieg.

Wenn Jochen käme, müsste er gleich zur Apotheke und neue Zäpfchen und Hustensaft holen, auch Nasentropfen.

Den Lärm vom Flughafen konnte sie schwach bis hierher in die Weinsdorfer Hügel hören, wenn das Fenster gekippt war (und es war ja gekippt); in jeder der landenden Maschinen konnte Jochen sitzen.

Vera wurde unruhig. Sie hatte ihren Mittagshunger übergangen, ‚schön blöd', ging aber erstmal hinauf zum Kind. Der Kleine hatte sich freigestrampelt, hielt den Teddy fest und bewegte die Lippen bei geschlossenen Augen und hochrotem Kopf. Das Fieber schien also doch gestiegen zu sein; *„Da kann Dr. Wegner schön abwiegeln und vom grassierenden banalen Infekt reden, mir jedenfalls ist nicht wohl."*

In der Küche bereitete sie sich ein Müsli, mit Banane (es war die letzte) und Joghurt. Zum Einkaufen war sie nicht gekommen, natürlich nicht; das konnten gleich Britta und Lars machen, denen würde sie den Zweitwagen geben. Ob die beiden Studenten derlei eigentlich gerne übernahmen, wusste Vera nicht; aber *„schließlich wohnen die hier in der Einlieger-wohnung wirklich sehr, sehr günstig. Eigentlich hätten die schon zurück sein müssen: häusliche Typen. Normalerweise.“*

Müsli, Kaffee; danach lief Vera unruhig durchs Wohnzimmer, goss Blumen, rückte hier etwas zurecht, sortierte dort ein paar Zeitschriften. Von den Töpfen der Palmen entfernte sie die Preisschilder. Die Zeit wurde ihr lang. *‚So richtig dröhnende Musik hören, das wäre es jetzt; aber Jonas könnte ich dann nicht hören.‘*

Aus dem Schlafzimmer trug sie den kleinen Zweit-fernseher in den Wintergarten, bei leise gestelltem Ton könnte sie ja irgendwas gucken, Beine hochgelegt.

Pech gehabt: Auf dem Ersten Programm nur das Testbild, auf dem Zweiten ein Tierfilm, auf dem Dritten Nachrichten. Granaten auf die Städte Gorazde und Maglaj; leere Fensterhöhlen, durchlöcherte Dächer. Dazu eine Landkarte. Endlich: weiße Panzer und Lastwagen. Der UNO-Konvoi war allerdings vor Sarajewo von Serben gestoppt worden. Schnitt: Kameraschwenk über leere Marktstände und hohlwangige Gesichter.

Vera stellte diese scheußlichen Bilder ab und hörte die Stille, drückte also bald wieder den Knopf und erhielt den Wetterbericht.

... sich verstärkende Bewölkung im Süden unseres Landes, mit Bildung von Gewitterwolken; im Weststau der Mittelgebirge Unwetter mit Sturmstärke erreichenden Winden.

Damit musste wohl der Norden des Landes gemeint sein: hier jedenfalls brannte eine so starke Sonne durch die Wintergartenfenster, dass Vera einen Schalter drückte und die Jalousien herabließ. Im

Halbschatten des Gummibaums und der Kokospalme saß sie noch kurz vor dem Bildschirm. ‚Brauchen wir eine Umweltsteuer?' hieß die Podiumsdiskussion. In den anderen Programmen Werbung und Fußball.

Seufzend stellte sie aus. Sie griff sich die *BUNTE* und eine *Schöner Wohnen* vom Couchtisch; beim Lesen nickte sie ein. Das *Schöner Wohnen* glitt ihr aus der Hand. Langsam rutschte es gegen ein leeres Colaglas auf dem Boden und brachte es zum Kippen.

Es war aber noch nicht das leise Klirren, sondern erst ein Donnerschlag, der Vera weckte, und vielleicht war ihr Schlaf zuvor schon von Jonas' Schreien und Husten gestört worden. Das Kind schlief ohnehin unruhig, nun aber weinte es laut, und es schrie. Vera hastete die Wendeltreppe hinauf, vorbei an den acht großen, alten Spielautomaten auf der Galerie, zum Gitterbett. Der Kleine stand im Gitterbett, Rotz und Wasser im knallroten Gesichtchen; *liebe Güte,* dachte Vera, *bald kann er `rausklettern, hätte ich nicht gedacht, und was mache ich nun?*

Sie nahm den Jungen auf den Arm, klopfte ihm sacht den Rücken, streichelte das Köpfchen gegen das Schreien an. Sie schwenkte das Kind, erst sanft, dann ungeduldiger. Sie ging hinaus auf die Galerie und lief mit dem Kleinen vor den Spielautomaten hin und her. Meist lenkten diese den Kleinen ab, also drückte Vera den Hauptschalter; acht Automaten begannen gleichzeitig zu leuchten und zu flimmern, zu blitzen und zu zischen und zu summen; Jaulen und Dröhnen übertönten einander. Bei den alten Flipperautomaten lagen Superhelden und schöne fliegende Frauen in erstarrter Pose in der Luft, bedrängten Raumschiffe sich oder bekämpften feindliche Satelliten mit zu Balken erstarrten Laserstrahlen. Weniger üppig wirkten die neueren Bildschirmgeräte; nur war hier das Schießen, Jagen und Fangen viel präziser möglich, und die Vielfalt der Klänge schien unendlich. Bilder jedoch, auf die der Kleine sonst mit gestrecktem Ärmchen lallend starrte, Geräusche, die ihn zum Schweigen gebracht hatten - all das schien ihm nur Angst einzujagen.

Jonas beruhigte sich erst, als Vera unten in der Wohnhalle mit ihm auf und ab ging. Vera war es nun, die hinaufstarrte zum Flimmerspiel auf der Galerie.

Nie wäre ich früher auf die Idee gekommen, dass einer viel Geld mit dem Verkauf und der Wartung von Spielautomaten verdienen kann! Wirtschaftskrise hin und her, Jochen bringt mehr heim als wir ausgeben wollen. Egal was so geredet wird - den Leuten im Land scheint's nicht schlecht zu gehen.

Krächzendes Husten von Jonas direkt an ihrem Ohr riss Vera aus ihren Gedanken. Siedend heiß stellte sie fest, dass ihr Junge seit dem Morgen nichts mehr zu sich genommen hatte; *irgendwas muss ich ihm anbieten, bei dem Fieber – aber was denn bloß!*

Irgendwann hatten die Eltern sich und dem Kind ja angewöhnt, statt Leitungswasser nur noch Mineralwasser zu trinken. Vera fand keines; nicht im Kühlschrank und nicht in der Speisekammer, weder in der Hausbar noch im Keller. Das Kind auf ihrem Arm hustete und schrie. Milch lehnte er ab. *Obstbrei!* Das müsste doch Flüssigkeit bringen.

Den Jungen auf der Hüfte an sich gepresst, rieb sie einen Apfel, den er aber ausspuckte. Sie hätte den Brei gern mit Banane verrührt, aber auch die gehörte zu dem verdammten Wochenendeinkauf, den Jochen noch machen musste; und nun war es schon nach fünf.

Das Telefon klingelte. Ein gut gelaunter Vater brachte das Kind einen Moment zum Schweigen und Lauschen. Ja, er sei wirklich noch in Hamburg, wegen des Orkans seien die Abflüge nach Süddeutschland verspätet; ob sie denn nichts davon gehört habe? - *Nein, hier in Weinsfeld war es den ganzen Tag schön; warte mal, jetzt* - sie sah durch die Wintergartenfenster und erschrak - *jetzt regnet es gerade; nee, eigentlich gewittert es.*

Ihr Mann fragte, ob sie denn nicht die Nachrichten gesehen habe; *nein, da war so von Krieg die Rede, ich hab abgeschaltet.*

Nachrichten müsse man schon hören, tönte es aus Hamburg.

„Bring doch bitte Bananen und Selters vom Flughafen mit." Der Mann in Hamburg verstand, auf was seine Frau hinauswollte, und gab ihr den Tipp, sie solle im Notfall ein Taxi rufen und den Fahrer bitten, den Einkauf zu erledigen. Diese letzten Worte hörte Vera nicht mehr, denn die Leitung war tot.

Eine Weile brauchte sie, um dies beim erneuten Geschrei des Kindes zu begreifen; irgendwann beschloss sie, das Kreischen nicht mehr zu ertragen, und suchte die Kinderzäpfchen. Eine leere Schachtel, die sie schließlich fand, warf sie wütend in den Papierkorb. Heute schien alles zu fehlen; aber der Junge war ja bislang selten krank gewesen. Freilich, es ging auch anders. Aus Jochens Schrank holte sie eine Schmerztablette, viertelte sie und flößte Jonas mit einem Löffel die aufgelöste, mit Zucker vermanschte Masse ein; sein Sträuben half ihm nicht: Vera fand Wege, dem Kleinen den Brei in den Schlund fließen zu lassen. *Nichts wie ab mit dir ins Bett.* Bald gab er Ruhe.

Blöd, dass das Telefon nicht mehr geht; die Idee mit dem Taxi war echt gut gewesen. Vera erlebte ein wahrhaftig tropisches Gewitter: Mal blitzte es draußen, und zuweilen blinkten und klickten die Spielautomaten, die Vera nicht abgeschaltet hatte, dann erschütterte ein Donnerschlag das Haus. Regen prasselte auf das gläserne Dach. Es war Nacht geworden.

Im weiten Raum lief Vera rauchend auf und ab. Sie versuchte es wieder mit dem Fernsehen, mehrmals. Im Ersten brachten sie Werbung. Im Zweiten lief eine Quizsendung, ‚Mein Lieblingstier‘, *Herrgott, wer will das denn wissen.* Das Dritte Programm wiederholte eine amerikanische Anwaltsserie, aber völlig verschneit, wohl weil irgendwas mit der Antenne nicht in Ordnung war. Satellitenprogramme bekamen sie im Moment sowieso nicht, also Tierquiz. Und vielleicht half ja Kaffee; oder andersrum: sich nochmal hinlegen. Ein kleines Tablettchen sollte ihr helfen, denn ein Rest an Gewitterangst war Vera von Kindheit her geblieben. Ein ziemlich großer Rest sogar. Andererseits…

„*Jonas im Schlaf überhören darf ich auch nicht. Also Kaffee. Irgendwann kommt Jochen und irgendwann ist die Scheißnacht zu Ende.*" Die eigene Stimme hören: Besser als niemandes Stimme. *Ab in die Küche, Kaffee kochen.*

Als Vera mit der Kanne zurückkam, hatten im Ersten die Nachrichten begonnen. „*Die Einwohner von Sarajewo hatten heute einen ruhigeren Tag als gestern, dennoch mussten die wenigen Menschen, die sich überhaupt auf die Märkte wagten...*" - die Kamera schwenkte über geschlossene Buden und halbleere Stände, zwischen denen abgerissen gekleidete Menschen, gegen die bittere Kälte vermummt, mehr standen als kauften – „*...weiterhin mit Beschuss durch Heckenschützen und Artillerie rechnen.*" Die Kamera blickte in ein Wohnzimmer, dessen Rückwand weggerissen war. Eine Plastikplane schloss den Raum, notdürftig.

„*Bewegung bräuchten die Menschen zwar, um der Kälte in den Häusern etwas entgegenzusetzen. Auf manchen Dächern lauern jedoch Heckenschützen. Da bereits der dritte Transport-Konvoi mit Lebensmitteln*

vor der Stadt zur Umkehr gezwungen wurde, sind be-
sonders alte Menschen und Kinder nicht nur durch die
Kälte, sondern auch vom Hungertod…".

Vera schaltete ab. *Das kann ja kein Mensch sich dau-*
ernd anhören.

Regen prasselte aufs gläserne Dach. Immer wieder
ließen Donnerschläge das Haus erzittern, Äste schlu-
gen auf die Scheiben. Die Stille im Haus selbst schien
den Lärm zu verstärken. Vera schaltete das Fernseh-
gerät wieder ein.

„…fehlt es weiterhin an Medikamenten. Ärzte können
wegen des Beschusses ohnehin kaum zu den Men-
schen in die…"

Umschalten. Gott sei Dank, im Zweiten gab es mitt-
lerweile Tennis.

Den Becher mit lauwarmem Kaffee in der Hand, folgte Vera wie gebannt dem Bällchen, ohne das Spiel zu
verstehen und ohne etwas aufzunehmen. Als das Bild
erlosch, war sie längst in Schlaf gefallen.

Sehr viel später wurde sie von einem Donnerschlag geweckt. Dunkelheit. Erst als sie mehrere Lichtschalter ausprobiert hatte, war es bei Vera angekommen: Stromausfall. Und kalt war ihr inzwischen! Als es dämmerte, hätte sie das Fenster schließen sollen, nun aber herrschte in der Halle aus Glas die Kälte. *Wieso die blöde Heizung nicht auf vollen Touren läuft*, verstand Vera nicht, und selbst als sie den Thermostaten höher einstellte, wurde es nicht wärmer. *Die Gasleitung konnte doch nicht auch noch beschädigt sein!* Irgendwann begriff sie, und Vera schrie ins Dunkel, dass es *eine totale, totale Scheiße* sei, dass die Heizung ohne Strom nicht arbeitete.

Kein Licht...? O nein, Kerzen hatten sie genug.

Nimm's mit Humor Vera, Du machst Dir einen romantischen Abend, wenn bloß das Kind ruhig bleibt. Irgendwie geht's ja wohl, Blitz und Donner haben nachgelassen. Komisch, der Sturm ist echt noch stärker geworden. Ich hätte jetzt sooo gerne geduscht, aber nicht mit kaltem Wasser. Mit Kerzen in Händen hinauf ins Schlafzimmer und mich in Schlaf lesen.

Versuchen wir's mal so. Jonas hör' ich ja mit dem Babyphon.

Ohne Strom leuchtete an diesem Gerät kein Betriebslämpchen. Vera ließ also die Tür zum Kinderzimmer weit offen. In ihrer Schlafzimmertür stehend versuchte sie, sich trotz aller Benommenheit und Erschöpfung einen Moment lang zu besinnen. Tatsächlich hätte sie nichts Besseres tun können, als diese paar Sekunden dort zu verweilen. Mit Glück entging sie so der stürzenden Eiche, die nun, vom Sturmwind erst gelockert und schließlich zu Fall gebracht, ihre kahlen Äste wie eine erstarrte Krake auf das Haus zu senkte, diese Äste in den splitternd nachgebenden Wintergarten stieß und sie schließlich in die verglaste Dachgaube bohrte, unter der Jonas schlief.

Nicht das Krachen und Klirren, sondern das gellende Kreischen ihres Jungen ließ Vera den dunklen Flur entlangstürzen, dorthin, wo das Kind an sein Bettgitter geklammert stand, einen blutenden Arm hochgereckt und die Augen weit offen. Sie schrie den Namen ihres Sohnes, wollte Jonas fassen, und sah klaffende Schnitte am Arm und Blut an beiden Beinen. Klug hob sie ihn unter den Achseln an und trug das vor Schmerz und Geschrei starre Kind ins Schlafzimmer zu den Kerzen, entfernte Splitter, wo sie sie finden konnte, verband dann mit Binden und Pflastern die Schnitte, so gut es ging. Unaufhörlich redete Vera auf den Kleinen ein; das immer noch schrill kreischende Kind trug sie durch die Wohnung, sprach dabei weiterhin auf den Jungen ein mit allem, was ihr in den Sinn kam, und stolperte irgendwann im Finstern über ein Kabel. Plötzlich ging der Fernseher an. Es verwirrte Vera nur wenig, dass alle Lichtquellen dunkel blieben, bis auf dies leuchtende Bild. Dass sie beim Herausreißen des Netzkabels den kleinen Fernseher auf Batteriebetrieb geschaltet hatte, war Vera unerklärlich, aber es konnte ihre Erregung nicht mehr steigern. Sie setzte sich einfach vor das bunte Flimmern, zog eine Decke um sich, und schaukelte Jonas. Ihr Kind in den verkrampften Armen, folgte sie einer Sondersendung aus Sarajewo, wo die Kamera Menschen in Kellern und in aufgerissenen Wohnungen zeigte. Dazu gab es Gesichter von verarzteten

Personen, mit Verbänden um Arme, Köpfe oder Beine, dazu Bilder von Krankenbetten unter freiem Himmel; es folgten Kamerablicke in Keller und auf Menschen, die dort seit Wochen ein halb verborgenes Leben geführt hatten. Eine junge Frau mit angegrautem Haar sprach von den Monaten, in denen sie ihren verschleppten Mann nicht gesehen hatte. Eine andere, in den Armen ein apathisches Kind, war Vera Gesellschafterin in ihrem verwüsteten Wintergarten. Hauptsache, nicht mehr allein zu sein in Dunkelheit und Zerstörung.

Beim plötzlichen Geräusch aus dem Hausflur hielt Vera den Atem an; dann: Taschenlampenlicht und Jochens Stimme, dröhnend.

„Ich zeige ihn an! Ich zeige Heppenheimer an!"

„Wieso dreht der denn durch", flüsterte sie sich zu, und beinahe gefasst: *„Jetzt dreht der Jochen durch."*

Schon stand er in der Halle vor ihr und dem nun wieder schreienden Kind. *„Heppenheimer hat Stein und*

Bein geschworen, dass der Baum noch 100 Jahre steht. Ich zeige den Kerl an! Der soll zahlen!" Dann stampfte ihr Mann, eine Taschenlampe in der Hand, durch die Räume des Hauses, benannte schreiend jeden entstandenen Schaden. Irgendwann aber hatte Jochen genug gegen Glasscherben getreten, hatte genug geschrien und genug gedroht, hatte genug vom Schaden besichtigt, um seine Frau und das Kind wahrzunehmen, um sie endlich aus dem Haus ins Auto zu bringen und zickzack, herumliegende Äste und umgestürzte Mülltonnen umfahrend, auf den dunklen Straßen, die nicht von Bäumen blockiert waren, seinen Weg in die hell erleuchtete Großstadt zu finden, dort das Kind verarzten zu lassen und im Hotel den kurzen Rest der Nacht zu verbringen.

Gleich am Morgen, geduscht und gefrühstückt, telefonierte Jochen mit der Versicherung und der Baufirma. Im Haus begannen die Spielautomaten zu dudeln und zu blinken.

(1994)

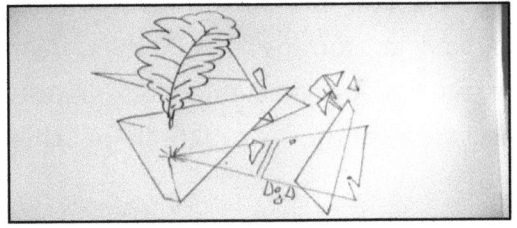

63

Sperrmüll und Schutt

Rumms. Wieder mal krachte es draußen vor dem Haus.

Nach rechts oder links aus einem der Fenster blicken – das hätte Sabrina gekonnt, aber sie starrte geradeaus, auf ihren Bildschirm. Sabrinas Rechner stand zwar zwischen beiden Fenstern des Wohnzimmers, heute aber konnte sie sich keinerlei Ablenkung leisten; ohnehin wusste sie nicht, wie sie die Arbeit schaffen sollte.

Sabrina hatte sowieso zu viele Fälle zu bearbeiten; das, was sie an ihrem Schreibtisch im Bürohaus der Versicherung nicht geschafft hatte, all das wurde halt mit heimgenommen. Ein paar neue Anträge, aber vor allem Altfälle. Einige Kunden waren echte Nervensägen, unverschämt, völlig irre, mein Gott, was diese Leute sich wohl dachten.

RRRUMMS. Danach ein Klappern und Rasseln, doch Sabrina hob den Blick nicht vom Bildschirm. Das meiste war ja Routine: Antibiotika, Asthmaspray, Impfungen und dergleichen. Alles erstattungsfähig, die Bescheide konnte sie praktisch im Schlaf erteilen.

Aber weniger die Masse war zeitraubend, sondern die Spezialfälle, und spätestens um halb zwei wollte Sabrina für Oliver und sich etwas zu essen auf dem Tisch haben. Sascha würde zwar im Hort essen, aber holen müsste ihn jemand, auf keinen Fall nach drei Uhr.

RUMS!! Ja, ja, verdammt nochmal: Das Schild ‚Dacharbeiten' hatte Sabrina doch gesehen, genau vor dem Nachbarhaus. Die ganze Woche sollte das nun so weitergehen… Kein Grund, aus dem Fenster zu schauen, sie käme dann zu gar nichts mehr.

Ein spezieller Fall von Nervensäge war da zum Beispiel ein gewisser Steitz, Dr. Wolfram Steitz, der binnen sechs Monaten das dritte Hörgerät erstattet haben wollte; da ging es um Tausende. Hinhalten, hinhalten, ablehnen, klar, das war die Marschrichtung von oben, liegt erst mal nahe, aber andrerseits sollen die Kunden rundum zufrieden sein, also… also was? Sabrina rief den Antrag auf, las Erläuterungen, Begründungen, holte sich ihre Analysesoftware auf den Bildschirm, war ratlos: Wer weiß, was das für ein Typ ist, der hat ja ein ganz pedantisches Begleitschreiben beigefügt; war vielleicht selbst Arzt, oder gar ein Jurist. Wenn der prozessierte, würde es teuer, in dem

65

Fall hätte sie erst recht Ärger mit Oben… Sabrina stützte sich auf die Ellbogen, schloss ihre Augen und drückte die Daumenballen hinein. Warmes, samtiges Dunkel. Sie hätte schlafen mögen, schlafen.

RUMMMMMMS! Dröhnen und ein hallender Schlag auf Metall, irgendetwas Schweres war hinabgeworfen worden. Mit beiden Fäusten schlug Sabrina auf den Tisch, knirschte mit den Zähnen. Stand schließlich auf, um das linke der Fenster zu öffnen.

Von oben, aus Richtung Sonne, kam gerade etwas geschwebt, aus hellem Holz, ein Bettgestell, das sich langsam drehte. „Weiter links, Mann!" brüllte jemand von der Straße herauf, und das Bettgestell bewegte sich weg von Sabrina. Erst als es dann langsam weiter abwärts schwankte, sah sie den Kranhaken, an dem es hing. *Ach so…* Unten angekommen, wurde das Gestell abgesetzt, auf die Ladefläche eines Lasters: ein Bett zwischen einer Waschmaschine und einer Spüle. Irgendwas, fand Sabrina, war komisch an dem Ding. Sabrina wunderte sich, dass ihr heiß wurde, obwohl sie nur Jeans und ein schlabbriges T-Shirt trug; *Na ja, die Sonne hat halt Kraft.*

Tief unten auf der Robinienstraße kam ein behelmter Arbeiter im Blaumann und löste den Haken. Er trat zurück zu einem zweiten Mann, der ein Funksprechgerät hielt. Jäh beugte Sabrina sich aus dem Fenster, hielt den Atem an: *Das gibt's doch wohl nicht! Mein eigenes Bett… dunkel gepolstertes Rückenteil, der Rest in Buche Natur…* Noch weiter lehnte sie sich hinaus und starrte hinab, endlich die Erleichterung: Nein, da waren Aufkleber oder etwas Ähnliches auf dem Rückenteil, eine Blume oder so auf der einen Seite, und auf der anderen… nein, sie konnte es nicht erkennen, *definitiv nicht meins, nicht unseres.* Auch schien ihr nun, dass dies Bett etwas schmaler war als ihr eigenes; französische Breite vielleicht. Alberne Vorstellung, fand sie nun, dass ihr Bett da heruntergeschwebt käme. Aber das gleiche Modell war es doch! An Sabrina vorbei zog der Haken am Stahlseil leicht pendelnd aufwärts. Sie zog die Vorhänge zu, fand, bei dem knallenden Sonnenschein sei das ohnehin besser; *hätte ich längst machen sollen.* Zurück an den Rechner, und weiter: Sollte sie den Fall Steitz nach oben abgeben, an die Abteilungsleitung? Sie war unsicher.

Noch in der Firma, war Oliver einen Moment lang vor der offenen Tür des Vortragssaals stehengeblieben. Genau Elf Uhr zehn, drinnen hundert leere Stühle. Oliver streckte sich und gähnte mit offenem Mund - es ging ihm prächtig. Für Elf hatte Dinnbrodt die Versammlung angesetzt, folglich hatte Oliver ab halb Elf alle Arbeiten beendet, alle Akten geschlossen, seine Rechner heruntergefahren - üblicherweise hätte er bis mindestens ein Uhr gesessen, wie jeden Freitag halt. Plötzlich, über Lautsprecher, die Absage: Dinnbrodt hatte kurzfristig zum Vorstand nach Berlin gemusst. Wunderbar! Er selbst jedenfalls ging heute früher ins Wochenende, *die Akten sind nun halt geschlossen, und gut so!* In der Mittagssonne lag die Willy-Brandt-Allee vor ihm, die ganze Allee wollte Oliver hinunterschlendern bis nach Hause, wollte ein Eis schlecken und trotzdem so früh daheim sein, dass Sabrina sich freuen würde. Pfeifend verließ er die Zentrale, das Sakko locker über den Schultern.

Fehler durfte Sabrina nicht machen, einerseits; sie war noch in der Probezeit. Andererseits würde es nicht gut ankommen, wenn sie Fälle nicht selbst entscheiden wollte; „Fühlen Sie sich bei uns überfordert, Frau Scholz?" Nee, nee, erstmal arbeitete sie jetzt

Standardfälle ab, und vielleicht würde Oliver nachher eine Idee für die *Scheißfälle* haben. Auch wenn er gar nicht vom Fach war.

RUMS. Aufspringen, jetzt ans rechte Fenster, dort kam ihr der Kranhaken mit dem Krempel vom Nebenhaus nicht so nahe. In der Tiefe stand immer noch der Laster mit dem Mobiliar, doch links dahinter bemerkte Sabrina jetzt eine gewaltige Metallwanne, lang wie ein Lastwagen, und schon halb voll Krempel: Ein Schuhschrank, dessen linke Tür fehlte; eine Spüle, irgendwelche Plastiksäcke, eine Kloschüssel, aber auch: ein Katzenkratzbaum, umwunden mit dunkelbraunem, dickem Seil. Das gab Sabrina einen Stich, denn den gleichen Baum hatten sie doch selbst gehabt, solange ihr Kater Dingo lebte; erst im vergangenen Monat hatten sie das Ding zum Sperrmüll gebracht! Und daneben die Stehlampe… zwar fehlte das Lampenglas, aber Sabrina erkannte das Modell: *Ulfborg Lys*, sie selbst hatten es im Wohnzimmer stehen, allerdings in Edelstahl, nicht in Messing. Etwas sauste an Sabrina vorbei und zerbrach in der Stahlmulde. Wütend brüllte der Arbeiter mit dem Helm etwas hinauf, der mit dem Funkgerät schimpfte ebenfalls in die Höhe. Sabrina schaute nach oben und sah im vierten Stock am offenen Fenster einen weiteren Arbeiter, lachend; mit den Händen machte er beschwichtigende Bewegungen und zog den großen Sack aus fester blauer Plane, der inzwischen am Haken baumelte, zu sich ins Zimmer. Aus der Ferne, rechts aus Richtung Stühlkeplatz, hörte Sabrina in diesem Augenblick die Straßenbahn in ihren Gleisen kreischen und wandte ihren Blick. Dort hinten, auf der anderen Straßenseite, glaubte sie Oliver zu erkennen, der konnte es aber Eigentlich nicht sein: noch nicht. Über sie fiel ein Schatten, so dass sie wieder nach oben schaute. Ein Tisch war an Sabrina vorübergeschwebt. Ihr Küchentisch! Ein wenig zerkratzt, aber eindeutig ihr Küchentisch, ausziehbar. Wo die Mittelplatte hätte liegen müssen, gab es ein Loch. Schaukelnd blieb dieser Tisch über den Fahrzeugen in der Schwebe; anscheinend diskutierten die Arbeiter darüber, ob er auf den Laster sollte oder in die Schuttmulde. Dort wurde er schließlich hart abgesetzt und vom Haken gelöst.

Beim Bäcker hatte Oliver Brötchen geholt, für Zuhause. Vier Brötchen und ein süßes Hörnchen, die aus ihrer knisternden Tüte heraus dufteten. Ecke Brandtallee / Robinienstraße wechselte die Fußgängerampel auf Grün, aber Oliver ging nicht vorwärts. *Moment mal…* Auf der anderen Straßenseite war sein Blick haften geblieben, weil dort Möbel über Möbel über Möbel fast die Breite des Bürgersteigs einnahmen. Oliver stand und starrte dorthin, mit gerunzelter Stirn. Beim nächsten Ampelgrün wechselte er doch die Straßenseite und bog sogar heimwärts in die Robinienstraße, stoppte aber nach wenigen Schritten. Ein Blick zurück in die Willy-Brandt-Allee Richtung Sperrmüll, wieder einige Schritte in die Robinienstraße, und endlich wandte Oliver sich um und eilte zurück in Richtung des Mobiliars, das zu einer Berglandschaft aufgestapelt war, dort wo die Brandtallee auf den Stühlkeplatz traf.

Als die nächste Straßenbahn durch die Kurve kreischte, wandte Sabrina wieder den Kopf. Ganz klar war es doch Oliver, da hinten am Straßenrand; aber warum heute so früh? Und warum blieb er stehen, wenn die anderen Leute losliefen? Wohin schaute der denn immer? Endlich überquerte nun ihr Oliver die Straße, kam heimwärts. Irgendwie ganz langsam. Was war das denn jetzt schon wieder? Nun blieb er nochmals stehen, drehte sich um. - *Hat der wohl irgendwas oder irgendwen am Stühlkeplatz gesehen?* - und ging dorthin zurück, fort aus Sabrinas Blickfeld.

Der grüne Ohrensessel war es. Oliver hatte ihn erkannt, *hundertprozentrig. Leder, abgewetzt und rissig, aber saubequem. Burenkamps ureigenster Lieblingssessel,* das war klar, doch wenn Oliver zu Besuch war, hatte Burenkamp immer darauf bestanden, dass sein Gast sich hineinsetzte, und beide hatten es genossen. *Saubequem.* Nun stand Burenkamps Sessel hier auf dem Bürgersteig, neben Burenkamps Schreibtisch, auf den jemand Burenkamps alte Stereoanlage gestellt hatte, seinen Papierkorb und sogar den Schreibtischstuhl. Eine staubige Sperrholzplatte daneben war voller Flusen und Spinnweben: *Ziemlich eklig*, fand Oliver. Er ging darum herum: Von der anderen Seite erwies sich das Holzmonstrum als Burenkamps Bücherschrank, als schönes Stück aus hellen Holz, die Regalfächer etwas dunkler, der Mittelteil als Glasschrank ausgeführt. Nun buchlos, leer. Hochkant und kipplig auf der Schmalseite stehend erhob sich daneben Burenkamps grünes Sofa. Mit seinem Rücken zum Gehweg gestellt zeigte es Oliver die staubig verklebte Bespannung, die Seitenlehnen verblichen und speckig abgeschabt. Seltsam: Nie war ihm das aufgefallen, immer hatte er sich in Burenkamps Arbeitszimmer wohl gefühlt, sauwohl. Noch etliche Meter zog sich das Möbelgebirge den Straßenrand entlang, aber Oliver hatte genug gesehen. Was nämlich oben in Burenkamps Wohnung stimmig gewirkt hatte, was die Handschrift des Alten getragen hatte, das war hier, auseinandergerissen am Straßenrand, nur schäbiger Müll. Verwirrt und erschrocken setzte Oliver sich in den grünen Ledersessel. *Burenkamp, ach der Burenkamp, oje.*

Wieder war etwas hinuntergekracht, und wieder hatten die Arbeiter, die unten standen, hinaufgebrüllt zu dem dritten oben am Fenster, der dennoch lachte. Erneut hatte er einen Stuhl hinabgeworfen, und noch an den Bruchstücken erkannte Sabrina einen Küchenstuhl. Ihren eigenen, hellgrün lackierten Küchenstuhl. Oder doch nicht? Ein weiterer Stuhl kam von oben geflogen, blieb aber fast heil. Nein, vielleicht doch nicht ihr Stuhl, denn das blaue Polster schien ihr dunkler. Oder doch nicht? Dass es ein wenig verrückt war, fand Sabrina selbst, aber irgendwie brauchte sie nun Gewissheit. Ohnehin hatte sie sich etwas zu trinken holen wollen, ging also in die Küche. Durchatmen. Natürlich war alles beim alten, drei hellgrüne Stühle um einen runden Tisch, jawohl, wie neu sah der noch aus, mein Gott was sollte denn schon sein. Zurück am Schreibtisch zog sie die Vorhänge zu und arbeitete weiter, die Fenster fest geschlossen. Jetzt der Antrag der Olschewskys auf eine Familienkur. Ein Antrag auf eine psychosomatische Kur für das Kind; wie alt war das denn? Erst Fünf? Wenn die Mutter das für sich beantragen würde, na gut, aber ein properes kleines Mädchen, für das die Versicherung kaum jemals hatte leisten müssen? War sowas normal? Gab es da Präzedenzfälle? Was wurde durch den Vertrag der Olschewskys denn abgesichert, und von wann war der überhaupt? Sabrina stöhnte. In jedem Fall würde sie ein wenig Schicksal spielen, für die Olschewskys oder für sich. Tief unter ihr krachte es erneut, wenn auch gedämpft durch die geschlossenen Fenster. *Ja, ja, wieder ein Stuhl, den kenne ich schon,* sagte sie laut. *Lasst mich bloß in Ruhe, ihr Idioten. Die Vorhänge sind zu, ätsch.*

Was mag mit Burenkamp geschehen sein? Zwei Wochen war Oliver mit der Familie verreist gewesen, da konnte viel passiert sein. Sein Fuß stieß an ein kleines Ölgemälde, das zwischen Sessel und Tisch auf dem Boden stand, er hob es auf, *Dänische Landschaft* oder ähnlich hatte Burenkamp es genannt, hatte es geliebt, hatte mal eine Geschichte über diese Landschaft erzählt; hatte wohl als Kind ein Jahr da verbracht, erinnerte sich Oliver. Nun klaffte in der Leinwand ein Riss, und der Rahmen war gebrochen. Nach Umzug sah all das nicht aus, so achtlos wie das Mobiliar hier gestapelt war... und warum hätte Burenkamp auch umziehen sollen? Nein, er musste gestorben sein. Oder zumindest in ein Heim eingeliefert, hilflos. Irgend sowas, überlegte Oliver. Jemand hatte Fremde beauftragt, die Wohnung zu räumen, und hatte sicher schon den Sperrmüll bestellt. Verdammt! Krank hatte Burenkamp doch nicht gewirkt, obwohl er eigentlich, na ja, eigentlich nicht gesund war. Das mit dem Bein war eine alte Sache, der Autounfall in den Siebzigern; heute, so sah es Burenkamp, wäre das wohl eine Routineoperation, und danach alles wie vorher. Damals war man plötzlich ein Behinderter. Wie gut, sagte der Alte immer, dass er zu der Zeit sein Studium schon abgeschlossen hatte und im Dienst war. An dem Punkt hatte Burenkamp stets das Thema gewechselt, Krankheitsfragen waren seine Sache nicht, und Oliver war es recht gewesen. Fast jedes andere Thema, das Burenkamp anschnitt, war Oliver sehr recht, denn bei Burenkamp entfalteten alle Stichworte rasch Leben: Der Alte selbst lebte auf, weil jemand ihm interessiert zuhörte, und konnte packend erzählen. Oliver saugte alles ein, weil er Fragen begegnete, die er sich selbst nie gestellt hatte, Worte hörte, die er nie benutzte, und er griff Informationen aus den vielen Sachgebieten auf, in denen Burenkamp sich bewegte. In ihren ersten Begegnungen freilich war Burenkamp der Zuhörer gewesen, ein neugieriger, guter: Was der junge Mann denn genau mache in seiner EDV-Abteilung, hatte er wissen wollen, und ließ sich die Zusammenhänge notfalls zweimal erklären. Erst später war es um Burenkamps eigenes Fachgebiet gegangen, um die Raumplanung; mit jeder neuen Begegnung waren neue Themen hinzugekommen, erstmal am Rande gestreift, später aber, wenn Burenkamp sich Olivers Interesse sicher gewesen war, hatte er sie erneut aufgegriffen. Und immer wieder die Raumplanung: Der Bursche hatte seine Arbeit wirklich geliebt, war da der zweite Mann im Regierungsbezirk gewesen; hatte nach der Pensionierung sogar ein paar Jahre länger gemacht – „Was soll ich als Witwer denn daheim, man will ja was bewirken…"

Und trotzdem war er am Ende mit einem Knall gegangen, wusste Oliver: Die eigene Verabschiedung hatte er sozusagen gekippt, sie gesprengt durch eine Rede, in der er ein für alle Male zu Protokoll gab, was faul war mit dem Flächenverbrauch hier in der Region. Wie das Grundwasser versaut wurde! Wie die Tierwelt verarmte! Wie Sonntagsreden von der Realität Lügen gestraft wurden, und dass gute Programme in den Schubladen verschwanden! Wie bequem wir alle miteinander waren! Ja, wirklich zu Protokoll gegeben hatte Burenkamp all das: Tatsächlich hatte er selbst die Presse informiert, hatte sie mit Andeutungen gelockt, beide Zeitungen hatten gerne jemanden geschickt und danach groß berichtet. War schon ein verrückter Hund, der Burenkamp.

Sabrinas Nacken schmerzte. Also aufstehen, vornüberbeugen, Augen schließen, Kopf pendeln lassen; half nicht. Schultern nach hinten rollen:. Half genau so wenig, also auf den Teppich legen, Kopf sanft nach links und rechts wenden. Pause, Wiederholung. Half ebenfalls nicht, also in die Küche und ein mit kaltem Wasser befeuchtetes Handtuch auf den Nacken legen. Ruhig atmend durch die Wohnung tigern... langsam machen... und langsam würde es

besser werden, ganz bestimmt. Am Rechner angekommen, wollte sie nicht noch einmal aus dem Fenster schauen, aber der Blick zwischen den Vorhängen
hindurch unterlief ihr irgendwie doch. Vielleicht
musste sie ja einfach hingucken, denn aus irgendei-
nem Grund war der Kran in ihrer Augenhöhe ange-
halten worden, war durch die dünnen Vorhänge zu
ahnen gewesen und präsentierte ihr den Inhalt der
großen blauen Plane: Bücher. Ein Haufen Bücher,
Massen von Büchern bunt durcheinander. Aha, Krimis: Mankell, Chandler, Nesser, sowas las Oliver. Und
die Schmöker von Elsberg, die las er auch, kein Wun-
der, als Computermann. Als IT-Koordinator - sie
selbst fasste den Kram nicht an. Neben den Krimis
lagen Sachbücher, wohl technisches Zeug, und Massen alter GEO-Hefte; außerdem erkannte Sabrina
Harry Potter. Die Bände hatte sie alle gelesen, als
Schülerin. Nun las sie ja eher so Mädelsromane, die
gut enden, und ganz oft Märchen, aber nur weil Sascha die so gern hörte. Knapp unterhalb von Sabrinas
Gesicht drehte sich die Plane am Stahlseil langsam
um sich selbst und zeigte - staubig, fleckig - einige
Ausgaben Grimm'scher Märchen. Sabrina stöhnte.

Schäfchenwolken hoch über dem Stühlkeplatz, Oliver sah sie schemenhaft stehen, durch das Laubdach der Platanen, denn, den Kopf weit im Nacken, lag er ausgestreckt im grünen Sessel, blickte himmelwärts und in die Vergangenheit. Wann hatte er Burenkamp eigentlich kennengelernt? Vor einem Jahr, oder lag das länger zurück? Die Situation selbst hatte er genau vor Augen: Ein irgendwie unbeholfener alter Mann hinkte mit schweren Einkaufstüten auf komische Weise langsam über die Straße, zu langsam jedenfalls für den Verkehr; ihm hatte Oliver Tragehilfe angeboten, zunächst über die Straße, ein Stückchen weiter noch, vier Treppen hoch und schließlich in die Wohnung. Über die Freude des Alten freute sich Oliver, nahm gern dessen Kaffee und den Kuchen an und plauderte sich schließlich fest. Der kleine Sascha war damals bei den Großeltern gewesen, und Sabrina. auf einem Lehrgang Etwas war in Oliver angestoßen worden während dieses ersten Besuchs, und allmählich fand er heraus, was es war: Wie bei den Großeltern hatte er sich gefühlt, denn so, wie die interessiert Anteil genommen hatten an den Erlebnissen des Jungen, so war er stets bei Burenkamp auf Interesse gestoßen. Hatte Oliver erst etwas von seinem Alltag erzählt, so knüpfte Bu renkamp eigene Überlegungen und Erinnerungen daran. Wortgewandt und witzig war er, ein ausgezeichneter Erzähler, das genoss Oliver. An anderen Tagen ließ Burenkamp Oliver teilhaben lassen, die den alten Mann aktuell beschäftigten – alles Mögliche, quer durch den Garten: Viel Politik, aber ebenso Medizinisches, Klimaforschung, Religion, Literatur... *Der Burenkamp*, dachte Oliver im grünen Lederssessel, die Augen himmelwärts ins Laub gerichtet, *der schien für sich all das klären zu wollen, was er im Berufsleben hintangestellt hatte.*

Bei ihrer ersten Begegnung hatten Burenkamp und er die Handynummern getauscht – „Nur, falls mal was ist." Gekommen war dies Angebot von Oliver, und so hatte es begonnen. Zuweilen erhielt der Jüngere gegen Mittag eine SMS, ob er denn ein frisches Brot mitbringen könne nach der Arbeit, oder Obst, manchmal eine Zeitschrift. Wenn nicht, sei es überhaupt nicht schlimm, wirklich! Meist passte es aber, und man hatte wieder zusammengesessen. Im grünen Sessel schaute Oliver sich um und schnaufte. Was hier als staubiger Sperrmüll durcheinander stand, hatte noch vor wenigen Tagen genau zusammengepasst. Es war ein Zuhause gewesen. Das würde es so nie wieder geben, soviel konnte man sehen. Am Nachmittag würde er bei Burenkamps Nachbarn herumfragen. *Spätestens morgen; irgendwer muss ja Bescheid wissen!* Langsam ging Oliver von Möbelstück zu Möbelstück, er berührte sie, er strich mit den Händen darüber. „Das Ganze", schrieb Oliver mit dem Zeigefinger in den Staub auf der Schrankwand, „war mehr als die Summe dieser Teile". Auf diesen Satz im Staub war Oliver stolz, trotzdem schaute er sich verstohlen um, ob ihn jemand beobachtete. *Nicht? Besser so.* Hinter ihm quietschte die Straßenbahn hinauf Richtung Hausberg.

Bei dem Krach kann nun wirklich keiner arbeiten, fand Sabrina. Inzwischen war sie ganz sicher, dass es nicht ihre Konzentration war, nicht ihre Ratlosigkeit in Sachfragen, nicht mal ihre Unlust — nein, es war dieser verdammte Krach, diese Unruhe da draußen vor ihrem Fenster, unten auf der Straße, das ständige Poltern und Krachen und Rufen und jetzt auch noch ein leises Klingeln und Klirren. Wütend riss sie einen Vorhang zur Seite und blickte auf Bierkästen. Ein halbes Dutzend Bierkästen voll staubiger, leerer Flaschen starrte sie an, sie drehten sich am Haken in der blauen Trageplane gemächlich nach rechts, verharrten, schraubten sich ebenso langsam links herum, anschließend wieder nach rechts. Um das Fenster nicht öffnen zu müssen, stellte sie sich auf Zehenspitzen und schaute so durch die Glasscheibe hinab: Unten saßen die Arbeiter auf dem Rand einer zweiten Stahlmulde, die offenbar inzwischen gebracht worden war, kleiner und tiefer als die erste. Die Männer saßen über Eck, in den Händen Brote und Trinkbecher.

Sabrina riss die Augen auf, bei offenem Mund: *Also nein - so viele leere Bierflaschen!* Und unten bei dem anderen Müll standen ja auch schon ein paar Kästen, und, *herrjeh, in Holzkisten grüne Weinflaschen, Literflaschen, mein Gott, Dutzende, dazu im Müll verstreut andere Pullen, das war Hochprozentiges gewesen, ganz bestimmt.*

Diesen Kleiderschrank hatte Oliver noch nie gesehen, auch nicht das Büffet oder den Teppich, der aufgerollt darauf lag, genauso wenig wie das Bett, den Spiegelschrank und die kleine Werkbank. Tatsächlich: Außer Flur und Arbeitszimmer hatte er Burenkamps Wohnung nicht gekannt. Ihm kam ein Wortwechsel zwischen ihnen in Erinnerung, kurze Sätze, die hängengeblieben waren. Vor gar nicht langer Zeit hatte er aus einer Gefühlsbewegung heraus dem Alten nämlich dafür gedankt, dass mit ihm so *persönliche Gespräche* möglich seien. Burenkamp darauf, nach kurzem Schweigen: „Ich würde nicht sagen, dass wir sehr persönliche Gespräche führen." Er selbst, merkte Oliver in dem Moment, hatte nie erwogen, Burenkamp nach Hause einzuladen.

Merkwürdig.

Als wenn die Flaschen nicht schon reichen würden, um Sabrina zu schockieren: Überall zwischen denen und noch anderswo auf all dem Plunder leuchtete es, leuchteten Kleidungsstücke; ein ganz leichtes Sommerkleid, große Mohnblumen auf Leinen; *„Mein Gott, das ist doch eigentlich ganz hübsch, das kann man doch tragen"*, sagte sie laut ins leere Zimmer hinein. Eine gelbe Jeans; ein roter Rock, ziemlich mini; zwei helle Trenchcoats, wie sie in alten Filmen von Agenten getragen werden. Auch Oliver besaß so einen. Nun konnte Sabrina nicht mehr, sie klappte den Rechner zu. *Aus, Ende!* In der Küche öffnete sie den Kühlschrank und schloss ihn wieder, weil sie nicht mehr wusste, was sie hatte holen wollen.

Den Kopf auf die Arme gelegt, saß sie dann am Tisch. Heiß war ihr. *Ich sollte ein Sommerkleid anziehen. Etwas trinken. Etwas essen. Das Radio anstellen.* Nichts davon tat sie.

Oliver aber zog es jetzt heim. Mit großen Schritten eilte er durch die Robinienstraße, vor der Haustür entschied er neu. Morgen, vielleicht schon heute Nachmittag, würde alles fort sein, soviel schien klar, *und wer weiß – vielleicht wird mir nichts bleiben* von *Burenkamp, nichts Greifbares jedenfalls*; dagegen sträubte sich Oliver. Zurück in den Sperrmüllkulissen umrundete er die Möbel, ohne irgendeinen kleinen Gegenstand zum Einstecken zu sehen. Er zog Schubladen auf, jedoch nur eine, eine einzige, hatte noch Inhalt. Voller Papierkram war sie, *Kram von anno dunnemals*, wie Burenkamp sich ausgedrückt hätte, nämlich Stromabrechnungen aus den Neunzigern, leere Briefumschläge, vergilbtes Luftpostpapier, aber halt: Hinten in der Schublade tastete Oliver etwas Hartes. Ein Stempel: *Walther Burenkamp, Dipl. Ing. / Heinrich-Jasper-Allee 68 / 34 Goettingen.* Der musste ja wirklich alt sein. Hatte Burenkamp irgendwann dort gelebt? Oder war das Ding von einem Verwandten? Noch etwas kramte Oliver unter dem

Papier hervor, etwas Rundliches: Eine Schneekugel, aus echtem Glas, darin kleine Tannenbäume in Winterlandschaft mit zwei winzigen Kindern auf einem Schlitten. Die Kinder lachten. Oliver schüttelte die Kugel. Es schneite, die Kinder lachten noch immer. Das Ding würde er Sabrina mitbringen, *und den Stempel... mal sehen. Vielleicht ja Burenkamp selbst zurückgeben?* Nun wollte er heim.

Als er die Wohnungstür aufschloss, nein: als er begann, den Schlüssel ins Schloss zu stecken, als er kaum das Metall berührt hatte, genau da krachte es schon aus Richtung Küche; denn Sabrina hatte bloß dies erste, leise Geräusch vom Eingang her gehört, als sie vom Küchenstuhl aufsprang, ihn umwarf, indem sie zur Tür lief, nein: losrannte,; als sie sprang, Oliver ansprang, ihn gegen den Türrahmen drückte und ihn fast anschrie damit: *„Zum Glück bist du jetzt da"*, und wo er so lange gesteckt habe, wo er denn herkomme, alles sei so furchtbar. Oliver erschrak, hob seine Frau mit beiden Armen an und stapfte ins Wohnzimmer, setzte sie dort aufs Sofa. Was denn los sei, erschrocken sei er, „Du bist ja ganz außer dir." So kannte er sie nicht, und nun fing sie auch noch an zu weinen. Oliver hielt Sabrina einfach fest. Irgendwann hörte das Weinen auf.

„Das war alles so furchtbar! Ist was passiert, dass du so früh bist? Das ist hier alles verrückt heute. Du hast ja die ganzen kaputten Möbel gesehen, da unten. Als wenn sie unsere Wohnung ausgeräumt hätten, irgendwie. Das war so unwirklich."

„Aber das waren doch nicht unsere Möbel!" Oliver verstand nicht. „Wir haben doch ganz andere Sachen, das waren doch Burenkamps Möbel, total anders, altmodisch, ich versteh' dich nicht."

„Die Leute hießen Burenkamp? Siehst du, nicht mal das hab ich gewusst, als wenn wir nicht Jahre praktisch nebeneinander gewohnt hätten, das gibt's doch gar nicht."

„Das waren keine Leute, das war nur ein älterer Herr."

Sie wurde wütend, und laut. „Jetzt red' doch nicht! Da war mit Sicherheit eine Frau dabei, und so alt können die Leute nicht gewesen sein! Ich zeig's dir", und Oliver wurde ans Fenster gezogen, fort mit dem Vorhang, Fenster auf. Mit einer Hand wies Sabrina hinunter auf die Schuttmulden, mit der anderen hinauf zum Kranhaken und seiner Fracht. Verblüfft betrachtete ihr Mann das bunte Durcheinander, all die Möbel und Flaschen, Töpfe, Bücher und Kleidungsstücke. Auf dem Muldenrand saß essend einer der Arbeiter... nichts von alledem hatte Oliver wahrgenommen. Als er das Haus betrat, war er in Gedanken hundert Meter zurück gewesen, bei Burenkamps Mobiliar. Und nun das hier.

„Guck mal, unser Küchentisch, oder fast jedenfalls." Oliver nickte.

„Und das Bett, das guckt links unter den Klamotten raus, da kannste doch denken das sei unseres, nicht wahr? Stimmt doch, oder?" Sie boxte ihn in die Seite, doch den Anstoß hätte Oliver nicht benötigt, denn er hatte schon mehrere Dinge entdeckt, die ihm sehr vertraut vorkamen; Kleidungsstücke und Schuhe, die er, so ähnlich jedenfalls, auch in Sabrinas Schrank hätte finden können. Hüllen von Schallplatten waren da, und CDs, die seine eigenen hätten sein können. Eine Stehlampe, ein Sessel. Und nun: Die vielen leeren Flaschen! „Ich denke, da hatte jemand ein Alkoholproblem." Er zog Sabrina zurück und schloss das Fenster.

„Aber ansonsten? Die haben doch irgendwie gelebt wie wir, das gibt's doch gar nicht."

Er zuckte die Achseln. „Leute in einem ähnlichen Alter, in der gleichen Stadt, die kaufen vielleicht in den gleichen Geschäften."

„Und du meinst, bei allen sieht's aus wie bei uns? Das ist doch Quatsch, Nee, die waren einfach nicht anders als wir, und die hätten wir doch kennen müssen!"

Oliver wollte beschwichtigen, wollte Sabrina irgendwie beruhigen, leid tat sie ihm, vor allem aber fühlte er selbst sich nun unbehaglich: Was gerade passierte, war ihm zu viel. „Man kann halt nicht jeden kennen, nicht mal in einer Straße, jeder hat halt sein eigenes Leben."

Indem Sabrina wütend wurde, klärten sich ihre Gedanken. „Es geht doch nicht um jeden. Es geht um Leute, die uns so ähnlich sind, kapierst du nicht. Vielleicht hätten wir uns mit denen saugut verstanden, wir hätten uns angefreundet. Miteinander geredet. Vielleicht wär's nicht so weit gekommen mit denen. Da muss doch irgendwas passiert sein. Was ist denn da passiert?"

„Tja." Oliver schwieg. Er trat näher ans Fenster, überflog durch die Scheibe hindurch die Trümmerwelt in der Schuttmulde, setzte sich. Dann wieder Sabrina. „Wir wohnen hier seit bald acht Jahren, und die da mindestens so lange, wenn man die Möbel und so anschaut. Wand an Wand, im Grunde. Das ist doch furchtbar, wenn man sich so gar nicht kennt, verstehst du. Und plötzlich sind die einmal weg, und alles zu Klump gehauen. Das ist doch furchtbar. Wie geht denn sowas?" Ihre Hand zitterte.

Oliver nickte und nahm diese Hand; ein wenig meinte er seine Frau zu verstehen. „Ich fürchte, die sind rausgeschmissen worden. Entmietet. Zu lange keine Miete gezahlt. Oder ständig Stress gemacht. Das geht."

„Aber gleich einfach alles rausschmeißen? Das geht, rechtlich?"

Er zuckte die Achseln. „Ich glaub schon. Wenn die Leute selbst sich nicht kümmern…" Was ihm in den Sinn gekommen war, sprach Oliver lieber nicht an – Sucht und Krankheit fielen ihm ein, Arbeitslosigkeit und Verarmung, Gewalt und Trennung, und dass die Entmietung wohl nur der Gipfel war, die Spitze eines

Eisbergs von Unglück. Gruselig fand er das und wollte irgendwie die Kurve kriegen, griff in die Jackentasche. „Rate mal, was ich dir mitgebracht habe!" Beide Hände bedeckten die Schneekugel, aber Sabrina war ohne Idee. Er zeigte die Kugel.

„Wieso eine Schneekugel? Wo haste die denn her?"

Oliver begann zu erzählen; er habe am Straßenrand die Möbel eines guten Bekannten erkannt, der in der Ecke zur Willy-Brandt-Allee gewohnt habe, der Herr Burenkamp..."

„Den Namen hast du vorhin schon genannt, habe ich ja noch nie gehört, wer soll denn das sein?"

Oliver holte aus, berichtete von der ersten Begegnung und, in Andeutungen, von späteren Besuchen. Ihm traten sie genau vor Augen.

„Dass hättste mir doch alles sagen müssen."

„Bitte?"

„Das hättest du mir doch alles längst sagen müssen, wieso weiß ich denn davon nichts?"

Oliver schwieg. Den Kopf zurückgelehnt, die Augen zur Decke, während Sabrina ihn anstarrte. Und auf Antwort wartete. Hätte ich ihr denn von meiner Bekanntschaft mit Burenkamp berichten müssen? Warum denn? Oder andersrum – warum hab' ich nie davon erzählt? Er zuckte die Achseln.

Sie ging zurück ans Fenster und öffnete es. Geräusche klangen herein; der Kranmotor tuckerte wieder, scharrend und klirrend schob einer der Arbeiter mit seiner Schaufel die Wohnreste in der großen Schuttmulde so zurecht, dass beim Transport nichts über den Rand fallen konnte. Den Kopf weit im Nacken, blickte ein zweiter Arbeiter hinauf zum vierten Stockwerk, vor dem der Kranhaken baumelte, und telefonierte dabei. Ein vorbeifahrendes Auto hupte, und Oliver sprang vom Sofa auf.

„Wir gehen lieber."

„Aber wohin denn", wollte sie wissen, den Blick noch immer auf dem Müll, dem Wohnschutt, den Lebenstrümmern. *Als wenn der ganze Krempel zu mir spricht, als wenn er mich anschreit.* Sie spürte, dass Oliver nun hinter ihr stand.

„Ich glaub' wir brauchen beide Abstand von dem Kram hier", begann er, „komm, wir fahren…, ach, einfach auf den Hausberg", antwortete er ohne überlegt zu haben.

„Auf den Hausberg, und dann?" Gereizt klang sie, weil heute wohl alles verrückt war, auch Oliver, und spürte, dass ihr die Tränen kamen. „Was wollen wir denn da?" Mit den Fäusten trommelte Sabrina auf das Fensterbrett und heulte los.

„Bloß erstmal weg sein… Oben beim Pommesmax vor der Bude sitzen., essen. Reden. Ins Weite gucken." Er zog sie vom Fenster fort. „Komm schnell. Die Tram wartet nicht."

(2018)

Zuflucht

Sie fragen, wie mein Urlaub war. Offen gesagt: Der erste Teil war beschissen. Wir alle hatten so ziemlich alles falsch gemacht. Darüber mag ich wirklich nicht reden. Die letzten Tage hab' ich aber zuhause verbracht, allein; hat mir gut getan, selbst wenn es merkwürdig anfing. Total verrückt sogar. Könnte Sie interessieren.

Im Erdgeschoss unseres Hauses ist ja immer noch der Laden für Sanitärbedarf, mit dem großen Spiegel im Schaufenster. Um den kommt keiner herum, der ins Haus will; ich jedenfalls kam nicht drum herum, dort einen Burschen mit Zweitagebart zu sehen, schwitzend mit seinen Koffern, fleckiges Polohemd, Bauch über bunten Bermudashorts, Flipflops an den Füßen. Meinen eigenen Anblick hätte ich mir lieber erspart, entsprechend war meine Laune.

Oben hatte ich beim Aufschließen erstmal den Duft unserer Wohnung geschnuppert, unverwechselbar. Von Reisen heimkehrend, weiß ich: Jetzt bist du zuhause... aber etwas roch fremd. Unter der Garderobe im Flur stand eine pralle braune Reisetasche. Mir gehörte die nicht, niemandem aus der Familie. Die

Wohnung hatten wir natürlich verschlossen hinterlassen. Unsere Schlüssel geben wir nicht raus, nicht
mal an Nachbarn, nie. Es hätte niemand hier sein
dürfen!

Ich also die Koffer abgestellt, zwei leise Schritte in
den Flur. den Kerl konnte ich in meiner Küche sitzen
sehen.

Der Bursche saß auf einem Stuhl rechts in der Ecke,
seinen Kopf in die Hand gestützt, den Ellbogen auf
dem Tisch. Mit einem Auge blickte er zu mir, drehte
dann den Kopf ganz zum Fenster, zeigte kein Interesse an mir. Ich fand, der Mann schien irgendwie me-
lancholisch. Ich hab gehört, Melancholiker sollen ja
nicht gefährlich sein; trotzdem hielt ich Abstand, ich
blieb in der Küchentür stehen.

Wie der so hingepflanzt auf dem harten Stuhl saß - in
Socken! - die Beine auf den anderen Küchenstuhl
gelegt, seine Schuhe — dunkelbraune Slipper — sorgfältig nebeneinandergestellt, da machte mich seine
schiere Anwesenheit völlig sprachlos. und dazu noch
seine Entspanntheit! Ich blieb in der Türe stehen, wo
ich ihm die Flucht verwehren konnte oder selbst hätte flüchten können, je nachdem, wie die Situation

sich entwickeln würde, man weiß ja nie. Meine eigene Reisetasche hätte ich schmeißen können, im Notfall. Jedenfalls stand ich erst mal in der Küchentür. Klar, dass mein Herz geklopft hat, würde Ihnen genauso gehen.

„Bin ich Ihnen eine Erklärung schuldig, Herr Grebing", half der Typ mir ein. Schmales Gesicht, kurz geschnittenes, angegrautes Haar. Schlank. Der wirkte ganz gepflegt, heute kann ich sagen: ein gutaussehender Bursche in mittleren Jahren, und ich unrasiert in Flipflops.

Für die Eröffnung des Gesprächs war ich ihm fast dankbar. Jetzt konnte ich reagieren, hieß: lospoltern. „Mich interessiert keine Erklärung, sondern Sie haben ja wohl in meiner Wohnung nichts zu suchen!"

Der blieb sitzen und schwieg.

Ich schwieg auch.

Polizei anrufen! Das Telefon stand fast in Reichweite.

Der Gedanke war logisch; andererseits: Im besten Falle würden fünf Minuten bis zur Ankunft der Blauen vergehen; in der Zeit hätte er mich niedergeschlagen, vielleicht getötet, und dann ab durch die Mitte, solche Leute sind Schlägereien wohl gewöhnt, dachte ich; die wissen, wie's geht, aber ich?

Ich blieb also lieber in der Küchentür, versuchte breit und zornig dazustehen, wenngleich mir innerlich nicht stark war. Nur ein Schnaufen gelang mir, das immerhin kräftig.

Der Bursche räusperte sich. „Die Unannehmlichkeit hätte ich Ihnen gern erspart... Mit Ihrer Rückkehr habe ich nicht gerechnet, die überrascht mich wirklich. Es ist was schiefgegangen, gell?"

Der Mann hatte eine tiefe und leicht singende Stimme; Sie würden die angenehm finden. Als ich höhnisch antwortete, musste ich mich für diesen Hohn aber nicht anstrengen, ich war ja stinksauer. *Für alle Einbrecher ist wohl das Auftauchen der Bewohner überraschend.* Etwa so habe ich herumgedröhnt. Bereit sei ich, mich in aller Form dafür zu entschuldigen, dass ich meine Urlaubsreise abgebrochen habe. Es sei eine Unverschämtheit ohnegleichen, wenn er hier auf Bedauern mache!

Die Arme hielt ich dabei vor der Brust verschränkt, ich stand breitbeinig in der schmalen Küchentür und schnaubte. Aus Naturfilmen kennen Sie das: Manche Tiere plustern sich irgendwie auf, um Feinde abzuschrecken. Sowas habe ich wohl auch versucht. Auf jeden Fall wollte ich den erstmal schmoren zu lassen. Ich wollte ihn leiden sehen, den Gangster.

Der fläzte sich also da auf zwei Küchenstühlen, wenige Meter vor mir, in grauen Jeans und einem graubraunen, grob gestrickten Pullover, schaute mich mit freundlichem Ernst an und nickte dabei ständig ganz leicht mit dem Kopf. Wir schwiegen. Mein Kopf lief auf Hochtouren, *herrjeh, was tun: Rufe ich um Hilfe, könnte der Typ panisch reagieren, der könnte mich k.o. schlagen und, ungeachtet der Gefahr erwischt zu werden, durchs Treppenhaus fliehen. Klar, das Opfer wäre mit Sicherheit ich, denn ein Einbrecher hat mit dem Niederschlagen vermutlich Erfahrung, oder er hat sich zumindest innerlich sorgfältig darauf vorbereitet. Ich dagegen...*

„Das ist jetzt nicht einfach für Sie" sagte er, „aber Stress brauchen Sie sich wegen mir nicht zu machen. Ich erkläre Ihnen gleich, warum."

Ins Treppenhaus, überlegte ich weiter: *Gehe ich also selbst, klingele oben bei Reinders und bei Czybowski.*

Die sind meist da. Inzwischen... ist der Gangster in der gleichen Zeit sekundenschnell die Treppe runter. Also Schwachsinn. Oder doch nicht? Immerhin: Er wäre weg, und mir wäre nichts passiert.

Allerdings fand ich diese Idee nicht gerade männlich, eigentlich feige war die, war unter meiner Würde. Kämpfen wollte ich schon! Ich keuchte. Dann vielleicht andersrum: In den unteren Stockwerken Hilfe holen!

„Jetzt werde ich in aller Ruhe...", begann ich, „...die Treppe hinuntergehen und mir Unterstützung besorgen. In der Zeit bleiben Sie hübsch hier oben, bis die Polizei kommt. Anschließend sehen wir weiter."

„Au, au, au...", meinte der Bursche dazu, und klang fast entspannt! Immer noch hing der Kerl bequem auf meinen Stühlen, und nun tat er auch noch besorgt... „Meines Wissens ist jetzt (er blickte auf die Uhr, erst Viertel nach zwölf war es) außer uns beiden niemand im Haus. Klar, ich kann mich irren; aber selbst dann wäre es möglich, dass ich in dem Moment, in dem Sie irgendwo klingeln und die Lage erklären, dass ich also von oben komme, Sie umrenne und aus dem Haus zische. Das kann doch nicht Sinn der Sache sein. Fände ich jedenfalls, an Ihrer Stelle."

Bei so viel Dreistigkeit fehlten mir die Worte, doch eigentlich hatte er recht. Ich bemühte mich immerhin um selbstsichere, beißende Ironie: „Nun werden Sie mir einen Vorschlag zur Güte unterbreiten. Es soll ja gerecht zugehen, nicht wahr?"

„Hören Sie bitte kurz zu: Ich habe in Ihrer Wohnung nichts gestohlen, ich habe praktisch nichts angefasst. Zum Stehlen bin ich nicht hergekommen. Meine Tasche steht im Flur, unter der Garderobe. Es wird Sie wundern, was da drin ist, Sie dürfen alles in Ruhe durchsuchen."

Ich höhnte, dass er sich für diesen Vorschlag schon einen anderen Dummen suchen müsse; klar, dass er versuchen werde, mich niederzuschlagen und zu entkommen, während ich abgelenkt wäre. Keinen Moment ließe ich ihn aus den Augen! Keinen!

Der Kerl schwieg und überlegte. „Passen Sie auf: Ich gebe mich in Ihre Hände, Herr Grebing. Ich gehe auf den Balkon hinaus, Sie machen die Tür hinter mir zu. Sie sperren mich sozusagen aus. In der Zeit inspizieren Sie meine Tasche, und danach unterhalten wir uns in Ruhe. d'accord?"

Beim Denken hilft mir Zeit. Eine Zigarette zu rauchen, das verschafft immer Zeit. Ich wühlte in den Taschen, spürte mein Herz immer noch wummern, zog ganz langsam die Schachtel, nahm betont ruhig Feuer und überlegte. Mit beiden Armen abgestützt stand ich im Türrahmen. So zitterte mir jedenfalls keine Hand.

Was konnte schon passieren? Wir wohnen im dritten Stock. Hoher Altbau. Der Gangster würde versuchen, an einem Balkonpfosten hinabzuklettern, und entweder er war langsam, dann käme die Polizei vielleicht noch, ehe er unten war, oder er war richtig gut im Klettern, dann entkam er. Anhand seiner Tasche würde es aber möglich sein, ihn zu identifizieren. Unwahrscheinlich, dass der viel Diebesgut bei sich in den Hosentaschen hatte; und meine Sparbücher sind durch Passwörter geschützt, alle! *In jedem Fall komme ich jetzt um eine Rauferei herum,* habe ich überlegt, *vielleicht gar um eine Kugel im Kopf, dachte ich, man weiß ja nie.*

Meine Zigarette war aufgeraucht. „Sie haben mich neugierig gemacht. Sie sollen Ihre Chance haben."

Er stand auf – groß war er nicht, zum Glück - nahm seine Schuhe , ging zur Balkontür, trat hinaus und zog sie hinter sich zu. Ans Geländer gelehnt, machte er eine Geste in meine Richtung. Ach ja: ich musste natürlich die Tür von innen verschließen. Ich sprang hin und drehte den Griff. Er blickte kurz in die Tiefe auf den Hof, setzte sich in einen der Klappstühle und schlug die Beine übereinander. Aus meinem Altpapier hatte er ein Exemplar des SPIEGEL mit auf den Balkon genommen und begann zu lesen.

Jetzt konnte ich sofort die Polizei anrufen; andererseits... der Einbrecher würde sehen, ob ich rechts Richtung Telefon ginge oder links Richtung seiner Tasche. Ginge ich rechts, würde er natürlich hastewaskannste vom Balkon hinunterklettern und wäre weg, so hätte ich es jedenfalls gemacht. Wenn ich mich aber erst der Tasche widmete, könnte ich wertvolle Aufschlüsse gewinnen und den Gangster noch ein wenig schmoren lassen, auch könnte ich ihn aus sicherem Abstand beobachten; anrufen ginge auch später.

Rückwärts, den Feind im Blick, zog ich mich aus der Küche zurück, hechtete zur Garderobe, packte die große Reisetasche, und hechtete wieder zur Küchentür, gucken, ob der Bursche noch auf seinem Platz war.

Immer noch las er, in meinem SPIEGEL. Mich schaute er nicht an, doch als ich mit einem Rumms die schwere Tasche auf den Küchentisch stellte, sah er kurz auf. Die Tasche vor mir, den Mann im Blickfeld, habe ich den Reißverschluss geöffnet.

Leicht war es nicht, die Dinge herauszuziehen, so prall war alles gepackt. Einmal Unterwäsche, blau, zwei Paar Socken, ein seidener Schlafanzug, schwarzgrau gestreift, ein kleiner Kulturbeutel sowie ein elektrischer Rasierer. Ein leichter Daunenschlafsack. Dünne Handtücher, klein und mittelgroß, ein wenig feucht. In der rechten Vordertasche eine dicke Kladde mit Text in Stenografenschrift, und ein leeres Brillenetui. Links ein Satz schimmernder kleiner Werkzeuge, in einer Stoffhülle. Na bitte!

Ich schaute auf und traf den Blick des Eindringlings, des Einbrechers, des Ganoven, der die Zeitschrift hatte sinken lassen und mir zusah. Lächelnd winkte er mir zu. „Das Lachen wird Ihnen noch vergehen!" rief ich so laut, dass er es durchs Glas hören musste. Weil ich mir aber nicht sicher war, denn er lächelte ja weiterhin, öffnete ich das Fenster über der Tür und wiederholte: „Ihnen wird das Lachen noch vergehen!"

Klar, der Bursche konnte hier schon mehrmals ein- und ausgegangen sein und bereits alles verhökert haben. Ich rannte ins Arbeitszimmer und riss die Schublade mit unseren Sparbüchern heraus; alle da! Ich schob sie zu und zog sie sofort wieder heraus, habe geprüft, ob es Abhebungen gegeben hatte; zum Glück nicht. Noch nicht, dachte ich, noch nicht...

Im Wohnzimmer zeigte ein Blick in die Anrichte, dass Nadines altes Silberbesteck noch an seinem Platz lag. Sicherheitshalber hob ich die Lade an: Gut, auch das untere Fach war voll. So schlau war er wohl, zu merken, dass es sich nur um angelaufenes Neusilber handelt, das beim Hehler nicht viel einbrächte. Ich rieb mir das Kinn. Was hatte der Kerl dann also bei uns gesucht?

„Was haben Sie denn hier bloß gesucht und erwartet?", rief ich durch das Oberlicht der Balkontür.

Im Hof begann eine Maschine einen Höllenlärm zu machen, ich verstand seine Antwort nicht. „Was noch mal?"

„Die Ruhe!" rief er zurück, „die Ruhe bei Ihnen!"

„Versuchen Sie nicht mich auf den Arm zu nehmen!" Ich bin zurück ins Arbeitszimmer und habe mich dort nochmals umgesehen. Anschließend, ganz systematisch, bin ich nacheinander durch die anderen Räume. Nichts verändert, schien mir, obwohl ich nicht recht wusste, wie genau wir nun welches Zimmer hinterlassen hatten; zurück in die Küche: „Was also wollten Sie?"

In dem Moment ärgerte ich mich darüber, nicht längst die Polizei angerufen zu haben. Na bravo… Nee, sagte ich mir dann, mutiger ist es schon, wie ich jetzt selbst alles in die Hand nehme. Den Beamten liefere ich den Burschen schließlich auf dem Silbertablett, löse den Fall quasi selbst… Aber dann hörte ich ihn, vom Balkon her durchs offene Oberfenster.

„Schau'n Sie grad' mal in den Hof", rief mein Einbrecher, „was da so passiert!"

Vom Küchenfenster aus sah ich Arbeiter im Blaumann, die mit einem großen Trennschleifer eine lange Rille in den Asphalt des Hofes schnitten, während andere in Malerkleidung mit Gerüstelementen durch die Toreinfahrt kamen und sich an unserer Fassade zu schaffen machten. Schritte polterten im Treppenhaus auf und ab. *Ach ja, die Renovierung...*

„Ach ja, die Renovierung; na und?"

„Schauen Sie, für mich gäbe es gar kein Entkommen. Und wenn Sie sich irgendwie belästigt fühlen sollten, reicht ein Pieps, und kräftige Fäuste packen mich. Das sind doch gute Voraussetzungen, um hier in aller Ruhe einen Kaffee zu trinken."

„Warum sollte ich mit Ihnen einen Kaffee trinken?" Ich glaube, geschrien habe ich. „Sie spinnen wohl komplett! Mir werde ich einen Kaffee machen, und Sie können ja draufgucken! So machen wir's!" Obwohl die Tür zwischen uns stand, war ich wohl sehr laut, denn der Andere hielt seine Hände vor die Ohren. Mehr so als Geste – wollte der jetzt auch noch witzig sein? Ich konnte es nicht fassen.

Beim Einfüllen des Kaffeemehls in den Filter zitterten meine Hände nun doch, aber da meldete sich ein tröstlicher Gedanke: Hallo, ich bin in der stärkeren Position! Was kann jetzt noch schiefgehen? Ehrlich gesagt - ich war neugierig geworden. Ich nahm die doppelte Menge Kaffee, holte zwei Tassen aus dem Schrank. Die Neugier zwickte mich. Während der Sud durchlief, fiel mir wieder die Reisetasche ins Auge. „Sie wollten wohl schön Urlaub machen, hier bei mir, oder was?" rief ich nach draußen.

Er kündigte an, mir alles ausführlich bei einer guten Tasse Kaffee zu erzählen.

Ich bestückte das Tablett, öffnete die Tür und reichte es ihm. „Decken Sie schon mal den Tisch. Draußen." Balkontür wieder zu.

Eindeutig war ich in einer starken Stellung und riskierte wohl nichts, wenn ich Kekse und Milch aus dem Schrank holte. *Jetzt,* dachte ich, *jetzt verblüffst du den mal. Was der kann, das kann ich auch. Dem zeig' ich, was 'ne Harke ist.*

Nachdem ich mir einen Küchenstuhl in die geöffnete Balkontür gezogen hatte, war ihm der Fluchtweg blockiert. Innerlich wetzte ich das Messer.

„Nun erzählen Sie mal schön Herr... Herr wie denn nun?"

Das Gesicht des Anderen lag zwar im Gegen-licht vor dem zartblauen Himmel, aber soweit ich sehen konnte, hatte er Lachfältchen. Mit der Antwort ließ er sich Zeit.

„Hüter. Gregor Hüter."

Freundchen, dachte ich, *vor dir sitzt ein Tatortgucker. Verhöre führen — das kannte ich. Erzähl' mir also nichts vom Pferd!*

„Könnte sein. Muss aber nicht. Stimmt eher nicht, würde ich sagen. War ja den Versuch wert, nicht wahr?"

Der Mann, der sich Gregor Hüter nannte, nickte. „Wissen sie, mein Name passt so gut. Das tue ich ja doch, Ihre Wohnung hüten. Kein Mensch hat in den letzten elf Tagen eingebrochen, kein Rohr ist geplatzt, es hat nicht gebrannt. Andernfalls hätte ich für Hilfe gesorgt."

Eine Weile brauchte ich, bis ich kapiert hatte.

„Elf Tage waren Sie hier bei uns? Glaube ich Ihnen nicht!"

Gregor Hüter zwinkerte mir zu; so schlecht sei es hier doch nicht, denn ich selbst hielte es ja schon erheblich länger aus… Mit großer Geste zog sein rechter

Arm einen Halbkreis, beginnend mit dem Stadtpark, der hinter dem Hof durch eine Baulücke zu sehen war, über die Giebel der Häuser bis zum Gebirge in der Ferne. In einem entfernten Winkel unseres Häuserblocks rief eine Frauenstimme einen Namen, ein Kind antwortete, es entwickelte sich ein heftiger Wortwechsel, den ich nicht richtig verstand, weil die Geräusche der Arbeiter zu laut waren.

„Trinken Sie Ihren Kaffee, und warten Sie!" Ich zurück in die Küche, habe die Tür hinter mir verschlossen und sehe, wie Gregor Hüter wieder zum SPIEGEL greift und schmökert. Unfassbar.

Wer elf Tage irgendwo lebt, der hinterlässt Spuren, dachte ich, aber die Wohnung wirkte unberührt. Der belog mich nach Strich und Faden, soviel schien klar; andererseits brachte die bloße Vorstellung, er habe in meinem Bett oder in einem der Kinderbetten geschlafen - ach was: gepennt - meinen Blutdruck an die Decke; in der Hinsicht muss ich aufpassen. Aber vielleicht würde sich alles als Schwindelei erweisen. Hoffentlich. Also inspizierte ich die Zimmer.

Julias war eindeutig unberührt; das Mädchen legt und stellt die Dinge rechtwinklig zueinander, es schlägt ihre straff gezogene Bettdecke halb auf, so als würde ein Hotel einen Gast erwarten; auf ihrem Schreibtisch liegen die Stifte parallel. Ich blickte also in ein unberührtes Mädchenzimmer.

Im Wohnzimmer musste das Kabel unseres Fernsehers noch vom Netz getrenntsein. Vor Urlaubsreisen achte ich darauf, auch wenn Nadine mich auslacht – als ob das heute unnötig sei, meint sie; Blitzgefahr, sage ich dann, die bleibt jetzt und in alle Zukunft! Der Fernseher war tatsächlich vom Netz getrennt. Im Schälchen auf dem Tisch lagen noch immer drei Schokoriegel. Fehlanzeige.

Schlafzimmer: Ich riss die Kopfkissen hoch. Nadines Nachthemd, mein Schlafanzug – alles noch an seinem Ort, wie ich es darunter gestopft hatte, gegen Nadines letztes Lamento, so wolle sie ihre Wohnung nach dem Urlaub aber keinesfalls vorfinden. Ach, Nadine...

Christians und Carstens Zimmer war von den Jungs ohnehin mit einer Spurensicherung versehen worden, denn der ganze Müll aus Spielwaren, der den Boden bedeckte, hätte jeden Schritt eines Einbrechers durch eine Spur von gesplitterten Plastikteilen bezeugt. *Aufräumen lernen, das ist dran nach dem Urlaub, aber wie...!* Schließlich das Bad: Wanne und Waschbecken knochentrocken.

„Sie lügen wie gedruckt", stellte ich mit verschränkten Armen fest, als ich wieder auf dem Balkon saß, „Keinen Tag haben Sie hier verbracht. Sie können von Glück reden, dass die Wohnung wie unberührt wirkt. Ich vermute, das gibt mildernde Umstände." Dass ich den sogenannten Hüter maßregelte und ihm gleichzeitig ein Türchen öffnete, machte mich stolz. Ich war halt erkennbar Herr der Lage. Abwehrend hob er die Hand.

„Sie können mich ja einen Einbrecher nennen, aber bitte keinen Lügner. Soll ich Ihnen beweisen, dass ich lange hier war?"

„Denn mal zu!" Ich goss mir den letzten Kaffee ein.

„Ihre Heizung stellt sich morgens um halb fünf an, läuft bis sieben und steht bis um zwei Uhr still. Vermutlich kommen Ihre Kinder um halb Drei von der Schule.'

„Nee, ich selbst komme um Drei. Hab ich die verdammte Heizung nicht abgestellt? Guter Mann, das beweist keine elf Tage! Einen vielleicht!" *Dieser Hüter glaubt wohl, mich bluffen zu können,* so viel war mir klar.

Er dachte nach, dann: „Also... Dienstag und Freitag klingeln die Müllwerker um acht Uhr im ganzen Haus, damit jemand ihnen aufmacht. Und am Wochenende geht die junge Frau über Ihnen täglich joggen. Reicht das?"

Jeder in der Straße, wandte ich ein, könne all das beobachten, als Fußgänger. Hüter habe das Haus vor dem Einbruch halt ausgespäht.

Diesmal überlegte er etwas länger.

„Wie geht's Ihrer Zimmerlinde? Schauen Sie mal!" forderte er mich auf.

Die blöde große Zimmerlinde! Nachdem Nadine hundertmal gesagt hatte, sie würde sie zu ihrer Schwester in Pension bringen, hatte sie's am Ende doch vergessen. Bei dem prallen Licht am großen Fenster musste unser Urlaub tödlich für sie gewesen sein, Gott sei Dank, endlich.

„Bleiben Sie bequem sitzen. Der Linde geht's gut. Ich sage doch, ich hüte ein."

Ich erhob mich und setzte mich wieder. Öffnete den Mund und schloss ihn. Trank sprachlos Kaffee aus und schenkte mir nach. Das konnte doch alles nicht wahr sein. Es konnte nicht sein, dass ich den Urlaub für mich mit Schnauze - voll - Gefühl abgebrochen hatte, um meine Ruhe zu haben, und dann zuhause einen Spinner fand, einen Wohnungsbesetzer, der nicht mal flüchten wollte.

Hüter faltete die Hände auf dem Bauch und redete nun mit geschlossenen, Augen. „Schade, dass ich weg muss. Hier hätt' ich's noch ausgehalten. Ein Haus mit angenehmen Geräuschen und Gerüchen." Er schwieg.

Ich selbst hatte Zeit. Warum also keinen neuen Versuch machen? „Dass Sie überhaupt keine Spuren hinterlassen — das verstehe ich nicht, passt nicht, gibt's nicht. Die Zimmer sind unberührt."

Bei immer noch geschlossenen Augen lächelte der Mensch, der sich Hüter nannte. Er atmete tief - ein und aus, ein und aus, - und erklärte mir: dies sei halt seine Routine. Dass er ein fotografisches Gedächtnis habe dafür, wo etwas liegt und also wieder liegen soll; wie sauber oder schmutzig etwas ist, ob Fenster offen oder zu seien, bei welcher Seite ein Buch wo geöffnet lag. Es gefalle ihm, dass ich so viel läse. Er selbst sei auch ein richtiger Bücherwurm; Stadtbücherei.

„Meine Frau liest Bücher, Sie Trottel", blaffte ich, „ich selbst lese Zeitung, Fachzeitschriften."

Viele Bücher seien aber eher Männerbücher, setzte der Einbrecher dagegen, oder was er so dafür halte.

Irgendwie hatte er Recht. Ich fragte mich, ob dies etwas über unsere Eheprobleme verrät; ausgesprochen habe ich das natürlich nicht. Sowieso ärgerte mich der Gedanke, dass der Bursche wohl doch ganz schön in unserem Privatleben geschnüffelt hatte und wir nicht mal Fingerzeige darauf bekamen.

„Sie sind unfassbar unverschämt", schnaubte ich.

„O nein; ich bin zurückhaltend und diskret bis zum Anschlag, aber vielleicht meinen Sie ja meine Neugierde. Die Neugierde ist für uns Hüter – ja, er sagte *uns Hüter* - der zweite Grund, woanders zu wohnen, neben den guten Geräuschen und Gerüchen. Ich bin ganz sicher, dass Sie und Ihre Familie seit Jahren nicht mehr so sehr Gegenstand fremder Gedanken — nämlich meiner — waren, wie in den letzten Wochen. Ihre Arbeit, Ihre Beziehung, Ihre Kindheit, selbst die Lebenspläne Ihrer Kinder — alles habe ich hin- und her bedacht, habe Vermutungen aufgestellt und verworfen, habe nach Belegen für meine Vermutungen gesucht — auch deshalb waren es herrliche Tage. Was ich noch nicht sicher verstehe, ist zum Beispiel, dass nirgendwo Bilder Ihrer Eltern hängen."

Einen Moment lang war ich versucht, dem Mann zu sagen, dass ich mit meinen Eltern vollkommen gebrochen habe und dass Nadine als Waise aufwachsen musste; da aber bekam ich schon zu hören, dass einer von uns (oder alle beide) ja Waisen sein könnten, oder dass einer (vielleicht beide) vollkommen mit den Eltern gebrochen haben könnte. Touché!

„Allerdings vermute ich, dass Ihre Frau die Waise ist, weil nämlich..."

Ich glaube, in diesem Moment bin ich aufgesprungen. Ich bin explodiert.

„Halten Sie den Mund! Das alles geht Sie nix an, ENN – I – IX! Jetzt bin ich mal dran mit Fragen! Haben Sie eigentlich kein Zuhause? Wo wohnen Sie eigentlich, wenn Sie nicht gerade bei mir leben? Wie ernähren Sie sich? Was machen Sie nachts? Wo schlafen Sie? Tut mir leid, Sie mit diesen Fragen belästigen zu müssen, aber leider, leider hatte ICH keine elf Tage Zeit, um mich bei IHNEN umzuschauen!"

Eine ganze Weile blickte der Hüter zu Boden. Seine Hände presste er zwischen die Oberschenkel wie ein ertapptes Kind, und entweder spielte der mir Betrübtheit vor, oder er war ehrlich bekümmert.

Ausnahmsweise werde er, seufzte der Mann, mir Auskünfte gegen; einen Anspruch darauf hätte ich irgendwie schon. Normalerweise spreche er aber mit kaum jemandem über seine Umstände. Es ergebe sich ja nicht, nun halt doch, dies eine Mal…

Er lebe in Obdachlosenheimen, im Prinzip jedenfalls. Wenn es irgend gehe aber doch nicht. Komme nämlich viel herum. Gerade im Sommer wohne er am liebsten bei anderen, so wie jetzt bei mir. Er sei eben gern zuhause. Und gern für sich. Jetzt sprach er sehr leise. Wunderbar, sagte er, sei es abends… beim Einschlafen. Auf die Geräusche im Hause zu achten und auf die von draußen, zu schnuppern, denn jede Wohnung rieche anders; Überlegungen zu den Bewohnern anzustellen, sich sozusagen Geschichten auszudenken… und die ganze Zeit über zu wissen: Keiner wird etwas von Dir wollen, niemand wird dich stören, du gehörst nur dir, bist eigentlich gar nicht da und doch auf der Welt, und deshalb…

In diesem Moment muss der Mann, der sich Gregor Hüter nannte, meine Wut gespürt haben, die hatte ja die ganze Zeit geköchelt, jedenfalls unterbrach er sich selbst ganz hastig; nie habe er in unserem Bett geschlafen, denn Betten seiner Wohnungsgeber seien ihm tabu, immer. Er liege stets auf dem Teppich, lege eine Decke unter sich und schlafe im Schlafsack. Er wies auf seine Tasche. Da sei ein ganz guter, leichter drin.

Ob ihm denn nicht langweilig sei, habe ich gefragt, irgendwie besänftigt; er habe doch nichts zu tun, den lieben langen Tag. Hüter fand das offenbar komisch.

„Meinen Sie, das ist leicht, sich unsichtbar zu machen? Härteste Arbeit! Vollkommene Kon-zen-tra-tion! Und alles dauert…! Für eine Rasur kann ich alles in Allem eine halbe Stunde benötigen, locker. Nicht gehört werden, nicht gesehen werden, keine Spuren setzten... Glauben Sie mir, in puncto Umsicht bin ich Schwerathlet, als Spion wäre ich eine große Nummer."

„Und wie ernähren Sie sich? Wovon leben Sie?"

„Ich kaufe ein, Sie doch wohl auch, oder? Esse oft außerhalb, wir haben ja Sommer... schwierig ist bloß, aus dem Haus zu kommen ohne aufzufallen, und wieder hinein. Das fordert Beobachtungen, Vorbereitung, Schauspielerei, Schlagfertigkeit, alles Mögliche..." Hüters Wangen hatten sich gerötet.

Ich schwieg. Idiotischerweise fühlte ich mich irgendwie in der Defensive, hier bei mir, in der Wohnung der Familie Torsten Grebing! Er schwieg auch. Dann wieder ich:

„Ihre Kaltblütigkeit kann ich nicht fassen. Dass Sie nicht unbemerkt bleiben, und dass Leute unerwartet heimkehren, wie ich jetzt – das ist doch zu erwarten! Sie müssen völlig verrückt sein!"

Hüter machte eine abwehrende Handbewegung; verrückt, sagte er irgendwie würdevoll, sei der völlig falsche Begriff. Vielmehr wisse er aus genauer Beobachtung und Analyse sowie aus Informationen Dritter recht genau, wann jemand fort sei, und wie lange. So richtig klappe das freilich nur im Sommer.

Klar, jetzt wollte ich mehr wissen; als ich aber nach den Beobachtungen und Informationen Dritter fragte, da mauerte der Hüter.

„Mehr, als dass es in jeder Stadt ein paar von uns gibt, und dass sie miteinander in Verbindung stehen, mehr will ich Ihnen nicht sagen. Daran können sie ja mal herumkauen, das ist doch spannend."

So viel ruhige Dreistigkeit machte mich sprachlos. Zu keiner weiteren Aussage war Hüter bereit, blieb aber immer heiter lächelnd.

Im Hof wurde es still. Die Arbeiter schauten zu uns herauf. „Wir machen hier euren Kanal neu, und Ihr trinkt uns die ganze Zeit was vor! Kaffeeklatsch unter Männern, was? Habt Ihr für uns auch'n Kaffee?" Der Kleinere hatte das gerufen, der Große lachte. „Kaffee alle!" tönte ich hinunter.

Hüter flüsterte: „Man nicht so geizig! Die beiden rauchen doch! Werfen Sie denen ein Päckchen runter!"
Ich zuckte die Achseln und holte eine neue Packung.

„Gutes Kraut für gute Arbeit!" Ich schmiss,

Der Große fing das Päckchen auf und warf es dem Kleineren zu.

„Firma dankt!"

Irgendwie war ich aus dem Konzept. Ich ging in die Küche, schloss natürlich die Balkontür hinter mir, fand nichts zu knabbern und holte Kekse aus dem Wohnzimmer. Als ich zurückkam, saß Hüter noch an seinem Platz. „Erdnüsse könnte ich beisteuern."

Ich winkte ab. Irgendwie war ich aus dem Gleichgewicht - falls ich überhaupt vorher darin gewesen war…

Ich rauchte wieder, aber dem Hüter bot ich keine an.

„Wissen Sie", sagte ich bei halber Länge, „ich komme mir vor wie bei ‚Verstehen Sie Spaß?'. Da tischt einer einem anderen eine völlig abstruse Geschichte auf, und alle Zuschauer lachen sich einen Ast, dass der

Depp das dann noch glaubt. So fühl' ich mich. Dafür könnt' ich Sie glatt vom Balkon schmeißen."

Stattdessen warf ich die Kippe hinunter und schwieg.

Es dauerte eine ganze Weile, bis Hüter unser Schweigen brach.

„Dass sie genervt sind, Herr Grebing, das glaube ich Ihnen gern. So ganz freiwillig bricht keiner seinen Urlaub ab." Irgendwas in der Art hat er gesagt, und ich schnauzte ihn an: Nicht der Urlaub sei mein Problem, sondern er, der Hornochse!

Während Hüter jetzt abgewandt in Richtung des Gebirges blickte, das man unscharf im Dunst des späten Nachmittags sah, musste ich seufzen.

„Herr Grebing, versuchen Sie's doch so zu sehen, dass es sein Gutes hat"; Hüter sprach in die duftige, trübe Ferne hinein, „Sie haben hier eine prima Wohnung, und überhaupt läuft's bei Ihnen eigentlich nicht schlechth; habe ich recht?"

Ich schwieg. Dass ich seinem Senf auch noch zustimme, das war das Letzte, was er von mir erwarten konnte, gerade dieser Typ, der auf der faulen Haut lag! Es war unglaublich, dass der Schmarotzer sogar noch eins draufsetzte: „Der Hüter, können Sie denken, hat's ja noch viiiel besser, der tut gar nix. Aber Vorsicht! Einhüten ist Schwerstarbeit!" Unbemerkt zu bleiben, erklärte er, das stelle nämlich eine wahnsinnige Anspannung dar, das sei nervenaufreibend, bei aller Routine.

„Also dann lass es doch, Herr im Himmel!" Ich war laut geworden.

Hüter lächelte. „Nein, nein. Wenn's nur die Anspannung wäre. Aber das völlige Verschwinden, das stille Liegen auf dem Teppichboden einer Wohnung, die Ihnen zunächst mal fremd ist...." Der Mann wurde immer leiser und blickte in die Ferne. „Das ist so herrlich, mit nichts zu vergleichen. Das ist der andere Pol der Sache. Ganz herrlich."

Ich sah mich bestätigt: Der war verrückt. Ein verrückter Schmarotzer. Unglaublich! Hüter merkte wohl, dass ich fassungslos war, er hob beschwichtigend die Hände und sprach eindringlich weiter:

„Nur vier, fünf, vielleicht sogar mal acht Wochen im Jahr kann ich so leben, wie es für mich richtig ist.

Anschließend bin ich leider wieder auf der Straße, oder in einer Unterkunft."

Jetzt blaffte ich ihn aber an! „Ihr Selbstmitleid", rief ich, „das können Sie sich verdammt noch mal sparen; ein intelligenter Mann in den besten Jahren muss in unserem reichen Land nicht auf der Straße leben!"

Abwehrend hob Hüter die Hände, wurde leiser, aber schärfer im Ton; über vieles, sagte er, würde er offen mit mir reden; aber nicht über dieses Thema; sicher hätte auch ich alte Wunden, an die ich andere nicht rühren lasse.

Bei dem Punkt bin ich noch lauter geworden, weil ich den Burschen immer frecher fand. „In meine Wohnung eindringen, aber selbst Empfindlichkeiten pflegen!" Ich schlug mit der Faust auf den Balkontisch, rief, dass wir über die Sache gleich weiter reden würden; dann bin ich hastig ab aufs Klo, weil der Kaffee und die Zigaretten und überhaupt alles zusammen nach draußen drängte.

Das ist wohl unbedacht gewesen: Denn als ich zurückkam, hatte mich die Wohnung alleine. Es lag keine Reisetasche in der Küche, keine Slipper standen auf dem Boden. Der Mann schien sich in Luft aufgelöst zu haben. Mein Balkon war verlassen, keine Illustrierte lag auf dem Tisch, nicht mal die zweite Kaffeetasse stand noch dort. Als ich sie später im Geschirrspüler fand, da war ich doch höllisch erleichtert.

Im Schatten an die Balkontür gelehnt habe ich sehr lange einfach dagestanden. Ich habe in den Abend geschaut und nachgedacht. Eine Wolke von spätem Glyzinienduft wehte von irgendwo herüber. Ich hörte aus dem oberen Stockwerk unruhige Schritte, hörte kurz Radiomusik und darauf einen Monolog, mit Pausen: da telefonierte wohl jemand. Das Baby in der Wohnung unter uns meldete sich, es weinte kurz, hielt dann wieder minutenlang Ruhe, und so fort für lange Zeit. In der Weite des Hofes fing sich das Klappern und Klirren von Tellern und Besteck, von den anderen Balkonen; darein mischten sich die Düfte von Knoblauch und Grillfeuer. Jemand pfiff das Titelthema aus dem Film *Der Clou*, brach es ab, begann immer wieder, als ob er er den Schluss suche.

Irgendwann ist mir bewusst geworden, dass ich noch ganze fünf Tage hatte, um hier Zuflucht zu nehmen.

(2011)

Geschätzte Lesende!

Mein erster Wunsch ist, dass Sie einige oder möglichst alle dieser Erzählungen bis zum Ende gelesen haben, weil sie wissen wollten wie's ausgeht.

Dann wünsche ich mir, dass Sie mit diesen Texten oder einem Teil davon etwas anfangen konnten, dass sie ‚wirken‘.

Falls Sie mir dazu etwas mitteilen möchten – bitte sehr und danke!

michael.kootz@t-online.de